# Impressum

© 2017 by S.M.R. (nicht lektorierte Originalfassung)
Verlag: tredition Gmbh
ISBN:
978-3-7345-9691-9(Paperback)
978-3-7345-9692-6 (Hardcover)
Bildmaterial:
Totenkopfbild - Vanessa Schrader
Meerbild - Lukas Wuttke
restliche Bilder - www.fotolia.com
Gestaltung - S.M.R.

# Vorwort

Als Erstes danke ich herzlich für das Interesse an meinem Buch! Die Geschichte zieht sich durch verschiedene Genres und sollte demnach für verschiedene Geschmäcker und Leser unterhaltsam sein, aber ich muss zu Beginn auch darauf hinweisen, dass sie für minderjährige und psychisch labile Leser nicht geeignet ist.

Es geht um aktuelle - ich schreibe dies im November 2016 - Themen wie die Macht des Kapitalismus, virtuelle Realität, Besessenheit, Überwachung, Terror, Krieg und Wahnsinn aber auch Hoffnung, Liebe und Frieden. Das grundlegende Thema des Buches ist eine tatsächlich existierende Technologie namens RFID-Chip und die Quelle der folgenden Informationen ist Wikipedia (falls Sie mir nicht glauben).


RFID steht für *radio frequency identification* und die wesentliche Funktion solcher Mikrochips ist es Gegenstände und Personen zu lokalisieren und zu identifizieren. Die Chips befinden sich in Reisepässen, Personalausweisen, Geldscheinen, Kleidungsstücken, Haus- und Nutztieren und teilweise auch implantiert in Menschen. Des Weiteren werden sie mit anderen gespeicherten Daten in Personen implantiert wie zum Beispiel mit Bankdaten als bargeldloses Zahlungsmittel.

Mehrere Unternehmen in verschiedenen Ländern statten ihre Mitarbeiter oder Kunden mit diesen Chips aus und zum Teil auch ohne deren Wissen. Es ist wohl nicht verwunderlich, dass es hierbei Kritik über Datenschutz und Selbstbestimmung sowie Verschwörungstheorien zu diesem Thema gibt. Und offensichtlich hat sich jemand gedacht dies sei ein geeignetes Thema für Science-Fiction und dieses Buch geschrieben.

Was den Leser ansonsten erwartet, ist Horror, Apokalypse, Philosophie, Poesie, Romantik, Erotik und ein Psychothriller. Die zwei erotischen Novellen sollten auch innerhalb des Genres unterschiedliche Vorlieben befriedigen, nebenbei Toleranz gegenüber anderen sexuellen Neigungen fördern und veranschaulichen, wie Attraktivität missbraucht wird. Bekanntlich gibt es vor allem im Internet viele Fallen, wobei zum Beispiel User verlockt und später erpresst werden. Auch die Verkaufsstrategie "Sex sells" sollte in diesem Buch mehr oder weniger mit den eigenen Waffen geschlagen werden, indem Wege gezeigt werden mit Lust umzugehen.

Ein weiterer Gegenstand dieses Buches ist der Glaube an das Paradies. Natürlich haben nicht alle die gleichen Vorstellungen von diesem Ort, oder wie man ihn erreicht, und für streng gläubige Leser, welche keine Kritik an ihrem Glauben zulassen, ist Das Puzzle ebenfalls nicht geeignet. Man kann es nicht allen recht machen, aber ich wünsche viel Spaß beim Lesen und wenn Sie bereit sind, folgen Sie mir auf einem geschriebenen Pfad zum Paradies... durch die Hölle!

*"Open your eyes, open your mind*
*Proud like a god, don't pretend to be blind*
*Trapped in yourself, break out instead*
*Beat the machine that works in your head"*

*Guano Apes - Open your eyes*

# Ich sehe was, was du nicht siehst

## 1

Es war Mai 2005 als ein sensibler, junger Mann namens Lars Darwien in eine psychiatrische Anstalt gebracht wurde. Ich kannte ihn recht gut und wusste, dass dies kein gewöhnlicher Fall war. Die Diagnose lautete paranoide Schizophrenie und die Symptome dieses armen Kerls waren Halluzinationen, Panikattacken, Wahnvorstellungen sowie eine gespaltene Persönlichkeit. Während des Aufenthalts wurde Lars regelrecht mit Medikamenten vollgepumpt bis ein fremder Charakter seine Seele wieder verließ. Eigentlich war dieser Fremde zu gut für diese Welt.

Diese andere Hälfte war in Lars' Kindheit von der gequälten Psyche geboren worden und hatte versucht in eine Fantasiewelt zu flüchten. Sie entwickelte eine eigene Wahrnehmung und entzog sich der Wirklichkeit schließlich vollkommen. In diesem Kapitel werde ich von jenem liebevollen Charakter erzählen, der unsere Welt verlassen hat. Später werde ich verraten, wer ich bin und woher ich all das weiß. Lassen Sie mich zunächst nur gestehen, dass ich für die Krankheit dieses Mannes verantwortlich bin.

Der für Lars fremde Teil seiner Seele hatte sich selbst den Namen Christian gegeben, um seine typischste Eigenschaft zu symbolisieren. Den Glauben an Liebe und das Paradies. Am Tag Christians *Geburt* wurde der achtjährige Lars ebenfalls in eine Klinik gebracht, jedoch nicht in eine Psychiatrie. Auf dem Weg zur Klinik erzählte seine Mutter von einer harmlosen Vorsorge. Einem winzigen Implantat zu seiner Sicherheit. Nicht lange zuvor hatte Lars herausgefunden, dass sie ihn bezüglich des Weihnachtsmannes angelogen hatte und war nun skeptisch gegenüber der angeblichen Harmlosigkeit. Der Unterschied zu der Weihnachtsmann-Verschwörung war, dass seine Mutter es im Fall des Implantats selbst nicht besser wusste.

Vor dem OP-Saal wartete Lars nervös neben seiner Mutter. Sie saßen in einem Gang, der mit sauberen, schwarzen Stühlen und weißen Wänden Ernsthaftigkeit ausdrückte. Das helle Grün des Fußbodens machte einen vergeblichen Versuch den Jungen zu beruhigen. "Warum sind hier keine Spielsachen wie bei Dr. Schmidt?" - "Naja Dr. Schmidt ist ein Kinderarzt und das hier ist ein Krankenhaus." antwortete seine Mutter nicht ohne Besorgnis in ihrer Stimme. An der Wand hing eine monoton tickende, schwarz-weiße Uhr, deren Zeiger Lars mit einem umgekehrten Smiley-mund assoziierte. Es war zwanzig Minuten vor fünf an diesem düsteren Herbstnachmittag. Regen begann gegen die Fenster zu prasseln und der Wind schien von draußen eine Warnung zu heulen. Lars und seine Mutter saßen allein in dem Korridor, was bedeutete, dass er der Nächste war.

Die weite Tür des OP-Saals öffnete sich und ein junges Mädchen wurde auf einer Bahre heraus gerollt. Ihr benommener Blick sah Lars im Vorbeifahren an als sagten ihre Augen: *Du hast noch die Möglichkeit fortzulaufen im Gegensatz zu mir. Lass sie nicht mit deinem Gehirn herum pfuschen.* Aus Nervosität wurde Angst und bald Panik. Lars wollte aufstehen und davon rennen, aber seine Mutter versicherte es sei nur zu seinem Schutz.

Die Tür schloss sich hinter Lars. Vor ihm stand ein großer Mann in blauem Kittel. Der Chirurg, der mit seinem Hirn rumpfuschen würde. Neben ihm bereitete eine Krankenschwester eine Spritze vor. Es gab kein Entkommen mehr. Plötzlich hörte Lars ein gellendes Kreischen vom Korridor. Es war das Mädchen und etwas Entsetzliches musste es aus der Benommenheit gerissen haben. Seine Vorgängerin schrie man solle sie in Ruhe lassen, sie wolle nicht noch mehr Stiche und flehte ihre Eltern an die Schwester von ihr fernzuhalten. Währenddessen spürte Lars den Stich der Spritze in seiner Schulter. Bevor die Benommenheit ihn übermannte, hörte er noch die Eltern des Mädchens antworten sie wüssten nicht, was sie meinte, denn es sei keine Schwester auf dem Flur.


# 2

Unweigerlich fiel Lars in den Schlaf und dem Verbrecher zum Opfer. Alles wurde schwarz und der verschüchterte Junge fühlte sich wie eingemauert in eine finstere Höhle. Er hatte oft derartige Alpträume, aber dieses Mal war es anders. Außer ihm befand sich etwas Bösartiges in der Dunkelheit und wartete darauf anzugreifen. Es war der Tod, den Lars in dieser Höhle ahnte, doch bevor diese Bestie ihn angriff und infizierte, fanden ein paar Lichtstrahlen in die Todesfalle. Das Licht schien Lars nicht echt zu sein. Eine Illusion der Hoffnung, um der Angst zu weichen. Allerdings entschied sich ein Teil von ihm dem Hoffnungsschimmer zu folgen. Es war der Teil, den ich Christian oder als Abkürzung Chris nenne.

Das Licht war nicht wie normales Licht, das die Wirklichkeit zeigte. Dieses Licht zeigte seine Wünsche. Christians Fantasie wurde sichtbar und sein eigenes Paradies erreichbar. Schließlich entkam er der Angst und trat aus der Höhle. Geboren.


Er sah einen traumhaften Strand und einen Ozean aus Farben, die viel zu schön waren, um real zu sein. Am Himmel funkelten unzählige, silberne Sterne und erhellten die fantastische Landschaft. So viele, dass die Zwischenräume kaum zu sehen waren und hell genug um tief in seine vorherige Falle zu reichen. Das Licht war konzentriert wie ein Scheinwerfer auf das schönste Element des fantastischen Bildes, das Chris vor sich sah und in dem er sich befand. In der Mitte des Bildes schien es auf einen weiblichen Engel mit langem, goldbraunem Haar. Die Traumfrau saß auf einem Felsen und schaute auf das Meer. Langsam drehte sie sich zu Chris.

"Zurück, wo du hingehörst." krächzte eine tödlich infizierte Stimme wie ein Stich in den Rücken. Chris sah sich nach dem Verfolger um, während die Landschaft verdarb wie Obst in Zeitraffer. Im Eingang der Höhle stand der zurück gelassene Teil, den ich Lars nenne. Er wirkte wie in einem verfluchten Spiegel, worin man sich selbst zu erschreckender Hässlichkeit verdorben sieht. Lars sagte: "Konntest du die Wahrheit nicht ertragen? Du kannst dem Tod nicht entkommen. Das hat noch niemand geschafft. Warum also du Christian?"

Die Macht des Todes war zu stark. Chris musste Lars in die Mauern der Realität folgen und warf noch einen Blick auf sein zerstörtes Paradies. Die Traumfrau verwandelte sich in ein graues Skelett und schrie in Panik wie das Mädchen im Krankenhaus, aber die Bedeutung ihrer Worte war immer noch himmlisch:

"Je t'aime!"


## 3

Der neue Charakter Christian erwachte in einem Krankenhausbett. Sein schmerzender Kopf lag auf der linken Seite, sodass er aus dem Fenster sah und den Parkplatz erkannte, wo seine Mutter geparkt hatte. Chris hatte nicht mehr viel von dem in Erinnerung, was vor der Operation passiert war, aber er erinnerte sich noch so genau an den Alptraum als wäre er noch gar nicht aufgewacht. Er fasste seine Stirn und spürte eine Naht. Was zum Teufel hatten sie mit ihm gemacht? Chris drehte den Kopf und erkannte den Chirurgen am Ende des Bettes. Gelassen nahm dieser seine Brille ab und sagte:

- Willkommen zurück. Wie fühlst du dich?

- Ich fühle eine Naht an der Stirn und ich frage mich, was genau ihr da gemacht habt. Und ehrlich gesagt hab ich Angst, aber das können Sie sich bestimmt vorstellen.

- Das brauche ich mir nicht vorzustellen. Eigentlich weiß ich genau, wie du dich fühlst. Es macht nur Spaß es zu testen.

- Wie meinen Sie das?

- Durch das Implantat in deinem Kopf, kann ich deine Gedanken lesen. Glaub mir es funktioniert wirklich und ich kann es dir beweisen. Ich könnte dich auch mit Panikattacken erpressen, wenn ich wollte. Leider kann ich dir nicht verraten, warum ich das getan habe, aber als nächstes wird dein Herz operiert.


Chris hoffte immer noch zu träumen oder zumindest, dass der sogenannte Arzt nur scherzte. Der Arzt, der sich mit einem sadistischen Grinsen näherte und eine weitere Spritze hinter dem Rücken hervor nahm. Chris wollte nach seiner Mutter rufen, doch alleine der Gedanke daran löste die Panik aus, von der der Mann gesprochen hatte, wie einprogrammiert. Der Chirurg holte mit seiner Waffe aus. Dann klopfte es an der Tür und die Spritze verschwand wieder hinter dem Rücken. In normalem Ton rief er "Herein" und warf dem Jungen einen blitzend drohenden Blick zu. Lars' Vater trat ein und es erforderte den gesamten Mut des neuen Charakters ihm zu erzählen:

- Du musst mir helfen. Der Arzt hat etwas in meinen Kopf eingepflanzt, um meine Gedanken zu lesen und jetzt will er mich nochmal operieren.

- Nein, das ist nur zu deinem Schutz. Du bist ein bisschen verwirrt. Das liegt an der Betäubung.

- Er hat es mir gerade selbst erzählt. Vielleicht erzählt er es dir auch, wenn er sich traut. Warum versteckt er wohl die Hand hinter dem Rücken?

- Es tut mir wirklich leid, aber... du und ich sind hier die einzigen Personen im Raum.


Nun halluzinierte Chris wie seine Vorgängerin. Der imaginäre Mann stand noch neben seinem Bett und sah mit dem gleichen Grinsen auf sein Opfer herab. Telepathisch sprach er: "So leicht wirst du mich nicht los." Wieder holte er mit der Spritze aus und stieß sie in die Schulter des Jungen. An dieser Stelle fand der zweite von vielen Persönlichkeitswechseln statt. Die beiden Hälften wussten jedoch nicht voneinander.


4

Die Wechsel von Lars zu Chris und umgekehrt wurden durch Halluzinationen und Panikattacken verursacht. Beide Hälften litten an Sinnestäuschungen. Für Lars waren es die Elemente Christians Welt wie imaginäre Personen, Dinge oder Situationen und für Chris waren es die Elemente aus Lars' Welt - der sogenannten Realität. Zum Beispiel war der Arzt aus Lars' Sicht real und sein Vater die Wunschvorstellung. Auch der Arzt musste sie mithilfe des kontrollierenden Hirnchips sehen und hören können, denn sonst hätte er nicht "herein" gerufen, doch es konnte für Lars nur so herum sein, weil sein Vater nicht lange zuvor gestorben war.

Manchmal glaubte er der Tod seines Vaters sei der wahre Grund für seine psychische Erkrankung und der Gedanke von implantierten Hirnchips nur eine Paranoia, aber dazu komme ich später noch. Für Chris wiederum war Lars' Welt die der toten Seelen und vielleicht gibt es hier gar keine richtige Perspektive.

Der Junge versuchte seine Krankheit geheim zu halten und wurde nur als wunderlich angesehen. Er selbst wollte jedoch so viel wie möglich darüber erfahren, was in seinem Kopf vor sich ging. Er recherchierte über Schizophrenie - eine psychische Erkrankung, deren Ursache nicht eindeutig geklärt war. Ebenso recherchierte er über implantierte RFID-Chips und stieß auf eine Verschwörungstheorie.


Kapitalismus sei zu einer versteckten, aber globalen Diktatur herangewachsen. Dem einflussreichsten Unternehmen der Erde sei es gelungen den gesamten Planeten und dessen Bewohner zu überwachen. Sogar ihre Gedanken kontrollierten und steuerten sie mithilfe dieser Chips. Diese würden heimlich in verschiedene Körperteile eingepflanzt, hauptsächlich aber in die rechte Hand und hinter die Stirn. Und der unheimlichste Teil besagte, dass ein falscher Gedanke den Chipinhaber töten könne. Wenn man zu viel über diese Technologie wusste oder gar daran dachte den Chip zu entfernen, würde er eine tödliche Dosis Blausäure im Körper freisetzen.

Chris glaubte, dass diese Technologie eine Testphase durchlaufen hatte, als ihm dieser Chip implantiert worden war und es bei ihm nicht wie geplant verlaufen war. Die eigentliche Aufgabe dieser Chips sollte es nämlich sein Menschen wie Roboter auf Arbeit und Konsum zu programmieren. Vielleicht war Chris auch einfach zu emotional, um wie eine solche Maschine zu funktionieren. Er gehörte nicht in diese Welt und sah hier nicht viel Zukunft für sich.

Chris besuchte eine auf Wirtschaft spezialisierte Schule und war kein besonders guter Schüler. Natürlich fiel es ihm schwer sich auf den Unterricht zu konzentrieren und darüber hinaus bildete die Wirtschaft seiner Ansicht nach das Gegenteil zu Nächstenliebe. Das eine brachte Menschen zusammen und das andere spaltete sie. Zum Beispiel in arm und reich und das brachte Kriminalität und Gewalt hervor.

Zehn Jahre nach der Operation gab Chris endlich seine Hoffnung auf und dachte an Selbstmord. Der Gedanke den Chip zu entfernen reichte nicht aus, um sich umzubringen also machte er sich über andere Methoden Gedanken. Dabei sollte es möglichst sicher und schmerzlos sein. Auf der Abschlussfahrt – nach den Prüfungen, die Chris nicht bestanden hatte – entschied er sich schließlich den Plan in die Tat umzusetzen und damit Lars' Körper zu töten.


## 5

Die Klassenfahrt führte in eine europäische Hauptstadt mit vielen historischen Sehenswürdigkeiten, zwei Millionen Einwohnern und dem Kosenamen Stadt der Liebe. Im Zug auf dem Weg von Hannover nach Paris versuchte der Klassenlehrer Vorfreude zu erwecken, warnte aber auch vor der Großstadtkriminalität und erklärte Tricks von Betrügern. Chris hörte nur beiläufig zu, doch sollte bald seine eigene Erfahrung machen.

Am Bahnhof *Gare du Nord* sah Chris einen Menschen in zwielichtiger, magerer Gestalt und dieser erkannte Chris' mitfühlenden Blick. Der Mensch, und ich betone das Wort aus einem speziellen Grund, zeigte ihm ein Blatt, worauf in fehlerhafter, englischer Sprache dessen Leidensweg erklärt wurde. Dieser obdachlose Mensch war angeblich aus seiner Heimat geflüchtet, um zu überleben, doch von dem Trick hatte Chris den Lehrer erzählen hören. Das Blatt diene der Ablenkung, damit ein anderer von ihnen den Passanten leichter bestehlen konnte. Chris war Geld nicht besonders wichtig zumal er nicht vor hatte noch lange zu leben, dennoch folgte er seinen Mitschülern und behielt sein Geld.

Der nächste Tag war mit Sightseeing ausgefüllt. Die Klasse besichtigte den Eiffelturm, Notre Dame und unternahm eine Stadtrundfahrt auf der Seine. Ein besonderer Augenblick war es für manche Schülerinnen und Schüler als das Boot eine Brücke namens Pont Marie durchfuhr, wobei gesagt wurde es gehe ein Wunsch in Erfüllung, wenn man sich dort zum ersten Mal küsse. Chris hatte hierfür hingegen keine Partnerin und derzeit größere Probleme.

Am Abend sah er in der Herberge eine weitere, furchtbare Halluzination. Sogar die furchtbarste, die er bis zu diesem Zeitpunkt gesehen hatte. Es war ähnlich wie in dem Alptraum seines Lebens, nur echter. Wie würden Sie reagieren, wenn ihr Spiegelbild auf einmal eine andere Person wäre? Den sensiblen Chris brachte es zu der Entscheidung seinen Selbstmordplan in die Tat umzusetzen, nachdem er Lars im Spiegel sah.


6

Der erwähnte, obdachlose Mensch war wie viele Obdachlose in Paris eine junge Frau, hatte jedoch einen individuellen Hintergrund. Sie war von Zuhaus fortgelaufen, weil ihre Eltern sie in eine Psychiatrie einweisen wollten. *Hier ist keine Schwester!* hatten sie gesagt als diese schreckliche Frau im Flur des Krankenhauses auf sie eingestochen hatte. Die Frau, die Silvia regelmäßig terrorisierte und wahrscheinlich in den Tod getrieben hätte. Nach ihrer Flucht war diese Hexe jedoch nicht wieder aufgetaucht.

Nun saß Silvia mit dem Blatt Papier am Eingang des Bahnhofs und beobachtete einen gutaussehenden Passanten, der ihr schon am Vortag aufgefallen war, denn ihn markierte die gleiche Narbe an der Stirn wie Silvia. Auch sie wusste, was sich hinter ihrer Narbe verbarg und dass die Chips nach der Testphase unauffälliger implantiert worden waren. Offensichtlich war der junge Mann mit seiner Schulklasse hier, aber warum war er jetzt allein? Zügig und entschlossen marschierte er auf den Eingang zu. Im Vorbeigehen warf Chris sein Portemonnaie in Silvias Schoß und betrat das Gebäude, welches er nicht mehr lebendig verlassen wollte.

Aus dem Sonnenuntergang kam ein langer Zug auf den Bahnsteig zugerollt, wo Chris bereit war auf die Gleise zu springen. Er hatte gehört, dass die Angehörigen den Selbstmörder in solchen Fällen aus seinen Resten identifizieren mussten, aber seine Leiden erlaubten keine Alternative. Die Zeit zum Nachdenken war vorbei. Fünf... vier... drei... zwei... eine kalte, knochige Hand packte seine Schulter. Eine weitere, furchtbare Halluzination?

Chris drehte sich um und erkannte sein Portemonnaie in der anderen Hand dieser dürren Obdachlosen. "Vielen Dank" sagte sie mit französischem Akzent und keuchend, weil sie zu ihm gerannt war "aberr iesch glaube iesch weiß, was du vorast." Der Hoffnungslose wollte ihr sagen, dass sie sich seine Qualen nicht vorstellen könne und es sie auch nichts anging, aber sie vervollständigte: "Iesch abe eine Idee. Du solltest mit mir kommen." Er hatte nichts zu verlieren.

Während Chris ihr durch die Pariser Frühlingsnacht folgte, versuchte ein neues Gefühl der Harmonie seine Leiden zu vertreiben. Als sie schließlich anhielten, nahm er die einzigartige, nostalgische und romantische Umgebung noch bewusster wahr. Das sinnliche Geigenspiel eines Straßenmusikers, die glitzernden Lichter des Eiffelturms, die Boote auf der Seine gefüllt mit glücklichen Menschen und frisch verliebten Paaren und keine Toten weit und breit. Das war der Hintergrund einer Szene auf der Brücke namens Pont Marie.

In der Mitte der Brücke kamen ein Beispiel von Armut und eines von Wohlstand zusammen. Sie hielt seine Hände und sagte mit einer sanften Engelsstimme: "Küss mich". Das silberne Licht der Sterne enthüllte ihre Schönheit wie in einem Märchen. Geschah all das wirklich oder würde sie sich gleich in ein Skelett verwandeln? Er näherte sich Silvias Antlitz. Seine Hand strich eine goldbraune Haarsträhne von ihren rosafarbenen Lippen und verweilte zwischen ihrer zarten Wange und dem Genick. Dann küsste er sie und vergaß seine Krankheit für einen zauberhaften Moment. Seine Aufmerksamkeit befand sich außerhalb der Zeit wie die Brücke über dem Fluss. Es gab keine dunkle Vergangenheit, die eine frustrierende Zukunft erzeugen konnte, doch die Gegenwart war unendlich.

Für Chris war die Vergangenheit jetzt tot, die Gegenwart lebendig und die Zukunft so unerreichbar wie das Vorankommen in einem Hamsterrad. Es ist immer *jetzt* dachte Chris, während er dieses himmlische Gefühl empfand. Dies war der Nullpunkt seiner Welt und das Ende seiner Leiden. Lars versuchte einen Persönlichkeitswechsel, doch wurde von seiner Realität zurück gehalten. Auch er wollte die Liebe fühlen, die Chris endlich gefunden hatte, aber er konnte es nicht.

Später erzählte Silvia sie komme aus dem Süden Frankreichs, wo sie mit ihrer wohlhabenden Familie gelebt habe bis sie ausgerissen war. Sie erzählte von der Operation und dass sie den Arzt auch hier in Paris gesehen habe. Sie erzählte von dem Leben auf der Straße, dass sie auch Geld mit Straßenmusik verdiene und dass sich in ihrem Fall kein Trick hinter dem Blatt verberge. Sie fand ihre Geschichte lediglich überzeugend.

Chris erzählte seine Mutter habe eine Ferienwohnung in Südfrankreich besessen und sei mit ihm für eine Weile dort hingezogen, nachdem in seiner Heimatstadt ein Kind entführt worden war. Dort hörte sie von einer fragwürdigen, neuen Technologie gegen Kidnapping: das Implantieren eines RFID-Chips, um Kinder orten zu können. So war es gekommen, dass sie sich schon im Krankenhaus gesehen hatten, bevor das Schicksal die Gleichgesinnten in der Stadt der Liebe wieder zusammen führte.


Beide verarbeiteten ihre Krankheit künstlerisch. Sie schrieb Lieder darüber, er Kurzgeschichten und so verdienten sie bald ihren Lebensunterhalt. Chris und Silvia zogen in ihre Heimatstadt Nizza und Silvias Eltern waren überglücklich ihre Tochter lebendig und gesund wiederzusehen.

Chris wusste, dass er sich in eine Fantasiewelt hineingesteigert hatte und Silvia nicht der Realität angehörte, aber auch er gehörte nicht dorthin. Trotzdem wollte er noch ein letztes Mal in die alte Welt zurückkehren, um sich seinen Ängsten zu stellen. Für dieses Treffen bewahrte Chris ein Souvenir vom Tag der Operation auf.

## 7

Eines Abends als das Paar am Mittelmeerstrand entlang spazierte, bekam Chris ein Déjà vu. Am Ende des Strandes erkannte er eine Höhle in einem Felsen. Er wusste nicht, ob er seinen Augen trauen konnte, aber im Eingang stand die gleiche Kreatur wie in dem Alptraum. "Entschuldige mich kurz." sagte Chris zu seiner Freundin und folgte Lars zum zweiten Mal in die Höhle. In der Dunkelheit wandte Lars sich mit einer Taschenlampe in der Hand seiner anderen Hälfte zu und sagte:

- Lange nicht gesehen. Aber du kannst nicht entkommen. Du bist ein Teil von mir, der versucht vor meiner Krankheit und dem Tod zu fliehen. Du lebst in einer Fantasiewelt, aber die Realität wird dich mit all ihrer Härte einholen. Niemand kann den Tod besiegen. Warum denkst du, dass du es kannst?

- Es hat etwas mit Zeit zu tun mein sterbender Freund. Ich habe den Weg in eine bessere, unendliche Welt gefunden und ich weiß, dass du neidisch bist. Ich bin hier, weil du nach etwas suchst, das nur ich dir geben kann.


Er nahm das Souvenir hervor. Eine Spritze, die sein Blut enthielt. Chris sagte: "Wenn du den Tod besiegen willst, musst du ihn lebendig machen.", stieß die Nadel in Lars' Herz und drückte sein fantastisches Blut mit den Glückshormonen der anderen Seelenhälfte hinein. Chris drehte sich um und schritt stolz aus der Höhle zu der Traumfrau, die draußen auf ihn wartete.

Dieses Mal hielt Lars ihn nicht auf, weil er das himmlische Gefühl nachempfinden konnte. Er wollte Chris folgen, doch die Mauern der Realität schlossen sich und Lars erwachte in einer psychiatrischen Anstalt im Mai 2005. Sogar während er schlief – und von der injizierten Flüssigkeit träumte, die ihn glücklich machte, bevor seine andere Hälfte ihn verließ – hatten sie ihm Medizin gegeben.

Später bekam Lars Besuch von einer Freundin namens Désiré und erzählte, dass er seinen anderen Charakter losgeworden war. Als er Désirés Wange berührte musste Lars an den Wunsch auf der Brücke denken. Er war in Erfüllung gegangen, denn er liebte Désiré. Die andere Hälfte hatte jedoch eine Kurzgeschichte hinterlassen, die Lars daran erinnerte, dass dieses Gefühl vorüber gehe. Die Geschichte endete mit den Worten: "Ich habe mein Ziel noch nicht erreicht, doch ich bin auf dem Weg in die Unendlichkeit. In deiner kranken Welt aber ist alles vergänglich, sogar die Welt selbst. Vielleicht kommt sie dir nicht krank vor, aber du musst aus der Hölle finden, bevor es zu spät ist!"

Lars/Christian war ein inspirierender Autor für meine eigenen Bücher und hat mir bei diesem Buch sehr geholfen. Andere Inspirationen waren die Zitate zwischen diesen Kapiteln.

*"Und es macht, dass die Kleinen und die Großen, die Reichen und die Armen, die Freien und die Knechte- allesamt sich ein Malzeichen geben an ihre rechte Hand oder an ihre Stirn, dass niemand kaufen oder verkaufen kann, er habe denn das Malzeichen, nämlich den Namen des Tiers oder die Zahl seines Namens."*

*Offenbarung 13:16,17 – Die Bibel*

# Feuer gegen Feuer

## 1

RFID-Chips wurden über die Menschheit verbreitet und kaum einer wusste, was sich wirklich zwischen seinen Ohren befand. Nämlich ein manipulierter Verstand. Die eingepflanzten Mikrochips bildeten bestimmte Gedanken und Meinungen. Unwirtschaftliche Gefühle wie Liebe wurden heruntergefahren. Hass, Angst und Neid dagegen waren nützlich für diese Entwicklung. Auch sexuelles Verlangen wurde genutzt, um zu locken wie eine geschminkte Hexe.

All das wurde von einem Großkonzern gesteuert, der seine Kunden von innen und außen überwachte. "Over & Under" nannte sich das Unternehmen, welches sein Geschäft mit einer virtuellen Realität begonnen hatte. Anschließend hatte es Firmen aufgekauft, die sich mit künstlicher Intelligenz und Militär-Robotern beschäftigten und letztlich wurde Krieg das Hauptgeschäft. Auch Politiker wurden zu Marionetten des Over & Under und der eigentliche Feind war der Schöpfer dieser Entwicklung. Der Mensch.

Der 23-jährige Student Lars Darwien versuchte als Schriftsteller über die Entwicklung vom Menschen zur Maschine aufzuklären, doch seine Feinde - die mächtigsten Männer der Welt - wussten die Verbreitung seiner Kenntnisse zu verhindern. So fühlte Lars sich veranlasst seinen Plan B umzusetzen und zwar die Steuerungszentrale der Chips zu zerstören. Er war überzeugt zu wissen, wo sich diese befand. Niemand anders würde die oberste Maschine unter einem kleinen Geschäft in einer Kleinstadt vermuten, aber Lars kannte diesen Kellerraum. Trotzdem lag er falsch mit seiner Überzeugung.

Vor dem Gebäude saß er aufgeregt in seinem Wagen und telefonierte mit einem Angestellten des Over & Under. Lars drohte, wenn sie die Manipulation nicht einstellten würde er das Gebäude mitsamt der Steuerungszentrale in die Luft jagen und damit die Menschheit befreien. Der Angestellte wünschte ihm viel Glück und legte auf. Sie hatten alles unter Kontrolle und das musste Lars sich eingestehen. Der Physikstudent wollte aber noch nicht aufgeben.

Lars verließ den Ort und dachte darüber nach, wie er die effektivste Bombe bauen könnte. Ein Polizeiwagen kam ihm entgegen, doch es musste nichts mit seinem Anruf zu tun haben. Ein paar Straßen weiter tauchte der angehende Terrorist in einer Bar unter. Er wusste nicht, ob sie ihn orten oder gar seine Gedanken lesen konnten, aber da er über viele Gedanken verfügte, die ihnen nicht gefallen würden, konnte sein Hirnchip nicht vollständig funktionieren.

Allein mit seinem Bier saß er in einer Ecke als eine auffallend attraktive Frau die Kneipe betrat. Nach kurzer Zeit kam sie mit einem Cocktail in der Hand auf ihn zu und fragte, ob er ebenfalls unbegleitet dort sei. Lars verdächtigte sie eine Art verdeckte Ermittlerin zu sein und bejahte. Die Fremde sagte sie sei neu in der Stadt, um zu studieren. In der Kleinstadt gab es zwei relativ bekannte Institutionen: eine Kurklinik und die Universität, wo auch Lars studierte, der diese ungefähr gleichaltrige Frau noch nie zuvor gesehen hatte. Es wäre jedoch leicht herauszufinden, ob sie die Wahrheit sagte. Lars, der nicht unbedingt ein Schönling war, erlaubte ihr sich zu ihm zu setzen, doch versuchte ihrer Attraktivität und dem Interesse an ihm zu widerstehen.

- Wie kommt es, dass ein Mann wie du allein hier ist?

- Wie ich? Also das hat einen ziemlich verrückten Grund, den ich leider nicht verraten kann. Und was studierst du?

- Philosophie.

- Wie bist du auf Philosophie gekommen?

- Naja in den heutigen Zeiten frage ich mich, was und wem ich trauen kann und was sich hinter dem Vorhang verbirgt. Ich könnte dir auch verrückte Dinge erzählen.

- Okay. Du zuerst.


3

Einige Biere später kannte sie seinen Plan. Lars erzählte vom Over & Under, das Menschen in Roboter verwandele, und dass man die Steuerung vernichten müsse, um die Menschheit zu retten. Er sagte nicht explizit, dass dies sein Plan war, aber dass man sich sehr wohl aus freiverkäuflichen Artikeln eine hochexplosive Bombe bauen könnte, diese in einem Auto unterbringen und damit in den Laden fahren könnte, in dessen Keller sie die oberste Maschine versteckten. Er fügte hinzu:


- Als Philosophin kennst du dich doch mit Moral und Ethik aus. Meinst du nicht, dass man sich gegen Unrecht wehren sollte?

- Ich kann mir weder vorstellen, dass dein Plan etwas Positives bewirken würde, noch dass überhaupt so ein Unternehmen existiert.

- Du hast die Frage nicht beantwortet.

- Also gut. Nein, glaube ich nicht. Weißt du, was Determinismus ist?

- Ja. Heißt, dass alles vorher bestimmt ist. Quasi programmiert.

- Genau. Ich glaube es gibt ein Schicksal, das wir nicht ändern können. Stell dir vor du rettest einer Person das Leben, aber durch den Schmetterlingseffekt löst du die Tode von zehn Personen aus. Ich bin zwar keine Physikerin, aber für mich ist Determinismus eine logische Schlussfolgerung aus den Gesetzen der Physik. Ich meine alles, was im Universum passiert sind doch Bewegungen oder nicht? Panta rhei – alles fließt. Ohne Bewegungen gäbe es keine Zeit und kein Universum. Und wie entstehen die Bewegungen? Durch die Wechselwirkungen der Körper. Gravitation, elektromagnetische Wechselwirkung und so weiter. Gesetze, die nie gebrochen werden können und eine bestimmte Kettenreaktion von Ereignissen verursachen. Jeder Gedanke und jedes Gefühl sind auch nichts anderes als programmierte Bewegungen von Teilchen im Gehirn. Stimmt's oder hab' ich recht?

- Kann man so sehen, aber ich glaube an Selbstbestimmung und habe inzwischen auch Zweifel an der Wissenschaft. Die Wissenschaft ist aufgebaut aus Messungen, Rechnungen und Experimenten und das wesentliche Instrument hierfür ist der Verstand, aber wie schon gesagt glaube ich, dass der manipuliert ist.

- Versteh mich nicht falsch, aber wenn du an deinem Verstand zweifelst, solltest du vielleicht einen Psychiater aufsuchen. Ich glaube du machst dir zu viele Sorgen und destruktive Pläne.

- Wenn alles vorher bestimmt ist, dann auch meine Sorgen und destruktiven Pläne.

- Okay der Punkt geht an dich. Trotzdem glaube ich nicht, dass Gutes aus Gewalt entstehen kann. Das ist wie Feuer mit Feuer zu bekämpfen, aber dafür braucht man Wasser...

Nach der tiefgründigen Diskussion lockte sie ihn in ihre Wohnung und den Rest der Nacht verbrachten die beiden Studenten in ihrem Bett. Auf Einzelheiten muss der Leser hier verzichten, aber ich kann schon einmal verraten, dass die Studentin Désiré war und Lars sich vorübergehend in sie verliebte. In dieser Nacht traute er ihr jedoch noch nicht vollkommen und nutzte die Gelegenheit, um etwas aus ihrer Wohnung zu stehlen.

## 4

Als Désiré am nächsten Morgen aufwachte, war sie wieder allein und es war schlimmer als das Klischee. Dieser Freak wollte sein verrücktes Vorhaben umsetzen, von dem er erzählt hatte. Zuerst war sie nicht sicher gewesen, wie ernst sein Gerede zu nehmen war, doch dann hatte er ihr im angetrunkenen Zustand erzählt, warum er in der Bar gewesen war. Daraufhin hatte Désiré ihn zu sich gelockt und warten wollen bis er einschlief, damit sie die Polizei rufen könnte. Aber er schlief nicht ein und hörte nicht auf zu erzählen. Hinzu kam, dass sie ihn wirklich mochte. Jetzt fragte sich Désiré, ob sie noch verhindern konnte, dass dieser Wahnsinnige am helllichten Tag mit Sprengstoff im Kofferraum in einen Laden fuhr und womöglich dutzende Menschen tötete.

Lars öffnete seinen Kofferraum und Reue wuchs in seinem Kopf. Er würde nicht in den Laden fahren. Es reichte aus, wenn der Wagen vor dem Gebäude stand. Sein Handy hatte er ausgeschaltet, damit seine neue Bekanntschaft ihn nicht von dem Vorhaben abhalten würde. In der letzten Nacht hatte sie es fast geschafft. Doch jetzt musste er es wieder einschalten, um den Mistkerlen erneut zu drohen. Lars konnte nur hoffen, dass sie dieses Mal auf ihn hörten.

Désiré hatte eine Sprachnachricht hinterlassen und Lars konnte nicht anders als sie sich anzuhören. Währenddessen konnte er die

Reue schmerzhaft im Herzen spüren. Die Nachricht dauerte nur drei Sekunden und niemand sprach, aber er hörte die Philosophin weinen, bevor sie merkte, dass sie so nicht sprechen konnte. Lars wollte das Projekt am liebsten abbrechen, doch es konnte schon zu spät sein. Er hatte Désiré nicht umsonst davon erzählt. Sie würde die Polizei informieren und dadurch würde seine Drohung ernster genommen werden.

Vorsichtig schloss Lars den Kofferraum und begann unentschlossen hin und her zu gehen. Er griff seine Haare so fest, dass er sie fast ausriss. Dann schoss ihm ein neuer Gedanke in den Kopf: Sein Anschlag könnte vom Over & Under gesteuert werden, um mehr Kontrolle zu rechtfertigen. Oder suchte er nur nach Ausreden, weil er Angst hatte? Oder war er einfach nur paranoid? War das nicht wahrscheinlicher, als dass tatsächlich Menschen durch Gehirnchips ferngesteuert wurden? Das Einzige, was Lars sicher wusste, war dass er ziemlich verwirrt war. Er setzte sich in den Wagen, schloss die Tür und versuchte seine Angst und Verwirrung heraus zu schreien. Danach fällte er die Entscheidung.

## 5

Zehn Minuten nachdem Désiré die Polizei informiert hatte, klopfte es an ihrer Tür. Es war der Freak und er hatte den Plan nicht umgesetzt. Ihm war klar geworden, dass das Over & Under ein gewöhnliches Kleidungsgeschäft und der Rest seine Einbildung gewesen war. Er sagte sie habe ihm vor einer großen Dummheit bewahrt und ihre Tränen seien das Wasser gewesen, um sein Feuer im Voraus zu löschen. Désiré wollte wissen, was er nun mit der Bombe machen würde. Lars antwortete: "Ich weiß es nicht. Hast du eine Idee? Entschärfen kann man sie nicht, aber man könnte einiges damit hochgehen lassen."

Sie gingen zu seinem Wagen und wieder öffnete er den Kofferraum. Er war leer bis auf die Kleinigkeit, die Lars aus ihrer Wohnung gestohlen hatte. Désiré bekam einen Lachanfall als sie das Foto von sich selbst mit dem von Lars ergänzten Wort "Sexbombe" sah. Er erklärte: "Wie gesagt man kann sie nicht entschärfen, aber einiges damit hochgehen lassen. Eigentlich bin ich Pazifist genau wie du. Es wäre nur eine leere Drohung von mir gewesen wie die meisten Bombendrohungen, aber du hattest recht. Ich sollte einen Psychiater aufsuchen."

Später am selben Tag wurde Lars in eine psychiatrische Anstalt gebracht. Er lernte, dass die Welt nicht so schlecht war wie er sie sah und mit dieser Erkenntnis schwand sein anderer Charakter Christian, der seine Erlösung in einer anderen Welt finden sollte.

*"May your heart be strong and true*
*For life's a gift of love to you*
*In my visions I have seen*
*The world of mystery*

*Leading me gently to open the door*
*I'm searching for answers, can't stop anymore*
*Bound by this passion, my faith is unfailed*
*I'm holding the key to the kingdom of fate"*

*Gamma Ray - Revelation*

# Aus Christians Tagebuch

## 1

"20. April 2000, noch immer bin ich von unheimlichen Halluzinationen umgeben und die Panikattacken, welche diese seelisch
toten Kreaturen erzeugen, sind wieder schlimmer geworden. Es
fühlt sich an als würde ein Schalter in meinem Kopf umgelegt, zu
dem ich keinen Zugang habe. Dieser Schalter würde die Panik
wie ein Gift in mein Blut injizieren und den Puls auf die
maximale Frequenz hochfahren, um es im Körper zu verteilen.
Dem folgt oft eine Art Blackout, sodass ich zu einem anderen
Zeitpunkt an einem anderen Ort wieder zu mir finde.

Es ist ein Zustand völliger Geistesabwesenheit ähnlich wie im
Schlaf und ich vermute, dass es tatsächlich einen Chip in meinem
Kopf gibt, der mich in dieser Zeit steuert. Auf etwas
Vergleichbares bin ich nämlich bei meinen Recherchen gestoßen.
Wahrscheinlich leide ich aber einfach an einer gespaltenen
Persönlichkeit und weiß nicht, was die andere Hälfte tut. Dies
würde zu meinen anderen Symptomen passen und ich habe sogar
Tagebucheinträge gefunden, mit denen ich mich nicht iden-
tifizieren kann. Ob es gesteuert oder schizophren ist, weiß ich
noch nicht, aber ich halte diese Plage nicht mehr lange aus.


Ich glaube nicht, dass mir jemand helfen kann. Zumindest traue
ich keinem Arzt mehr, doch das Schreiben hilft ein wenig. In
erster Linie schreibe ich dies für mich, vielleicht aber werde ich
es jemand anders zeigen, wenn es mir besser geht. Im Moment
befürchte ich, diese Person würde mich in die Psychiatrie
einweisen. Ich denke schon an Selbstmord, obwohl meine Hoffnung noch nach einem Grund zum Weiterleben sucht. Morgen

steht eine Klassenfahrt nach Paris an und ich werde versuchen durchzuhalten bis ich wieder zurück bin. Hoffentlich werde ich in der Zwischenzeit den gesuchten Grund finden.

Ein Gedanke, der bei der Suche hilfreich sein könnte, kam mir einmal als ich einen Regenwurm berührt habe. Wie alle Regenwürmer hatte er keine Augen, doch möglicherweise hat sich etwas in dem Tier gefragt, warum es spürte berührt zu werden. Wäre der Regenwurm nicht blind gewesen, hätte er die Ursache gesehen. Und möglicherweise fehlt auch uns ein Sinnesorgan, um eine höhere Macht zu sehen. Offensichtlich fehlt mir etwas, um den Sinn des Lebens zu erkennen und auch die seelisch Toten, die mich umgeben, fragen nach diesem Sinn. Wie dem auch sei, wenn du das hier liest, hat das zu bedeuten, dass ich gefunden habe, wonach ich suche."

## 2

"27. April 2000, gerade bin ich zurück aus Paris und kann freudig auf die abenteuerlichste Reise zurückblicken, die ich je unternommen habe. Ich hatte es schließlich zu meiner Mission gemacht einen Sinn zu finden und es ging um Leben und Tod. Das Abenteuer begann mit der Besichtigung der Kirche Notre Dame, wobei ich an das Buch *Der Glöckner von Notre Dame* denken musste, das ich vor ein paar Jahren gelesen habe. Der Anlass für dieses Buch war ein in einen Turm der Kirche gemeißeltes Wort gewesen, das der Autor Victor Hugo entdeckt hatte. Er hatte sich über die Geschichte hinter dieser Botschaft Gedanken gemacht, woraus dann sein Buch entstanden war.

Als wir den Turm hinaufstiegen, suchte ich an den Wänden nach dem Wort in der Hoffnung es könne bei meiner Mission hilfreich sein. Ich konnte es nicht finden und fragte den Lehrer. Der erklärte die Botschaft sei übermauert worden und die Übersetzung des Wortes sei *Schicksal*.

Oben angekommen sahen wir auf die Stadt der Liebe hinab und ich dachte darüber nach, welche bewegenden Ereignisse sich hier im Laufe der Jahrhunderte abgespielt hatten. Anschließend dachte ich daran, was sich hier in der Zukunft ereignen könnte und bekam eine mysteriöse Vision.

In meiner Vorstellung der Zukunft stand eine Person auf dem Platz vor der gotischen Kathedrale im Zentrum der Stadt. Die Person war umgeben von Trümmern unter einem blutroten Himmel. Vor dieser letzten, überlebenden Seele stand der leibhaftige Teufel und sagte: 'Wir alle haben den Sinn vernichtet, doch trägt niemand die Schuld. Es war unsere Bestimmung und auch ich hatte keine andere Wahl als euch in diesen Untergang zu führen. Der Weg zum Himmel führt durch die Hölle, denn ohne das Böse gibt es das Gute nicht. Es ist Zeit den Preis zu zahlen. Zeit zu sterben.' Dann starb der Teufel durch die Hand des letzten Überlebenden und der Sinn kehrte zurück.


An diesem Tag folgten weitere Halluzinationen, von denen ich ein anderes Mal erzählen möchte, aber als sich der Tag dem Ende zuneigte lernte ich eine junge Frau namens Silvia kennen und mit ihr einen himmlischen Vorgeschmack dieses Sinnes. Ich hatte meine Suche sogar schon aufgegeben und war aus der Herberge ausgerissen, um mich umzubringen.

Am Bahnhof gab ich der obdachlosen Silvia meine Geldbörse. Diese außergewöhnliche Frau lehnte das Geschenk ab und bewahrte mich davor auf die Gleise zu springen. Anschließend führte sie mich zu einer legendären, romantischen Brücke nur um mich zu küssen und dabei geschah etwas Magisches. Während wir uns küssten, fühlte ich etwas, wovon ich nie zu hoffen gewagt hätte. Liebe ist nur ein Schatten von dem, was ich meine. Ich konnte das Gefühl intensiver spüren als die schlimmsten Schmerzen oder die schrecklichste Panik. Es war ein angenehmes Brennen, fast wie eine Explosion und in diesem wundervollen Moment wurden all meine Sorgen durch die Kraft des geheilten Sinnesorgans vertrieben. Das Organ war das Herz.

Ich fragte mich, ob Silvia das Gleiche fühlte, musste aber feststellen, dass diese Empfindung bei ihr nicht ausreichte. Sie begann zu zittern und ich dachte ihr wäre kalt. Dann sagte sie: 'Nein. Nicht wieder diese Frau!' Zeitgleich kam auf der Brücke eine Motorradfahrerin zum Stehen und entfernte ihren Helm. Sie hatte dunkelrotes Haar, trug einen schwarzen Mantel über dem Overall und war eine der seelisch toten Kreaturen. Sie war eine Sinnestäuschung, doch auch Silvia konnte sie sehen und war sogar wesentlich verängstigter als ich. Silvia rannte so schnell davon, dass ich ihr nicht folgen konnte. Im Gegensatz zu der Motorradfahrerin.


Nun suchte ich Silvia in der fremden Stadt und wusste nicht einmal, wo genau ich selbst war bis ich auf eine Metrostation stieß, die wir am Morgen benutzt hatten. Diese war nicht weit entfernt von der Herberge, wobei mir wieder einfiel, dass ich ebenfalls gesucht wurde. Ich musste Silvia finden, bevor sie mich fanden und hatte keine überzeugende Erklärung für meinen Ausflug, falls meine Klasse schneller sein sollte.

Die Rufe meiner Mitschüler näherten sich aus mehreren Richtungen. Ich beschloss mich zu verstecken, doch hörte schnelle Laufschritte hinter mir. Ich drehte mich um und einen Augenblick nachdem ich sie erkannte, fiel Silvia in meine Arme. Sie flüsterte eine Entschuldigung und ich versicherte, dass alles gut werden würde. Dann erzählte sie mehr von dieser unheimlichen Frau, doch die Geschichte schreibe ich morgen auf. Interessant ist vielleicht noch, dass die Legende von der Brücke besagt es gehe ein Wunsch in Erfüllung, wenn man sich dort zum ersten Mal küsst. Was ich mir gewünscht habe? Wie man sagt: Ein Gesunder hat viele Wünsche. Ein Kranker nur einen."

3

"28. April 2000, mir geht es bestens. Silvia und ich bleiben in Kontakt und sie hat ebenso wieder Kontakt zu ihren Eltern aufgenommen. Aber heute wollte ich eine Geschichte aufschreiben, die Silvia mir erzählt hat und zwar von ihrer ersten Begegnung mit dieser Hexe.

Silvia kommt aus Nizza an der Côte d'Azur und in ihrer Kindheit gab es dort eine Lieblingsstelle am Strand, wo sie gern in ihre Träumerei versank. Einmal war sie in Gedanken bei einem Traumjungen als sie eine fremde Stimme hinter sich hörte. 'Interessierst du dich schon für Jungs?' Silvia drehte sich erschrocken zu der rothaarigen Dame und verneinte. Sie versuchte ihr Geheimnis zu behalten, doch die Fremde sah sie mit einem seltsamen, hypnotisierenden Blick an und schien ihre Gedanken zu lesen. 'Du lügst. Dein Freund wird verschwinden und du wirst ihn nie wieder sehen. Er gehört zu mir.' sprach die unheimliche Frau telepathisch und schmerzhaft.

Dann verwandelte sie sich als lege der Teufel seine Verkleidung ab und wurde zu einem überaus hässlichen Monstrum. Auch Silvia verwandelte sich und sah panisch ihren immer dürrer werdenden Arm an. Sie folgte ihrem Überlebenswillen und bewaffnete sich mit einem Stein vom Boden. Das Monstrum sagte mit tiefer, gutturaler Stimme: 'Du kannst mich nicht umbringen. So einfach wirst du mich nicht los.' Das unschuldige Mädchen warf den Stein in das Monstergesicht und spürte Blut an der eigenen Stirn. Daraufhin erwachte die junge Silvia aus dem Tagtraum. Vor ihr lag der blutige Stein, mit dessen Hilfe sie sich geweckt hatte. Sie hatte sogar das Gefühl etwas in ihrem Kopf zerstört zu haben, das für Panik sorgte. Den Gehirn-Chip.

Nach diesem bizarren Alptraum kam ihr der Gedanke, das ganze Leben könne lediglich ein Alptraum sein, aus dem man irgendwann erwacht. Und das halte ich auch für möglich. Zumindest eine Sache haben das Leben und ein Traum gemeinsam. In beiden Dingen kann man sich nicht an den Anfang erinnern.

Silvias Kopfverletzung wurde am selben Tag operiert und der Chip erneuert. Als sie auf einer Bahre aus dem OP-Saal gerollt wurde, sah sie noch ein anderes Kind, das sie an den Traumjungen erinnerte und allein durch diese Erinnerung kehrte die Hexe zurück und mit ihr die Panik. In den folgenden Monaten wurde das Mädchen regelmäßig von dieser Frau namens Salome heimgesucht und der Traumjunge aus der Fantasie verbannt. Sie sah ihn nicht wieder bis wir uns in Paris trafen. Silvia sagte ich sei ihr Traummann und Salome sei wohl aufgrund ihre Wunsches verschwunden, denn der Wunsch meiner Lebensretterin war, dass wir für immer zusammen bleiben. Ihre Engelsstimme sagte:

"Du und ich für immer und ewig".

*"Eins*
*Hier kommt die Sonne*
*Zwei*
*Hier kommt die Sonne*
*Drei*
*Sie ist der hellste Stern von allen*
*Vier*
*Hier kommt die Sonne"*

*Rammstein - Sonne*

# Heading 4 heaven

## 1

Als Christian aus der Höhle trat, hatte er sein Ziel noch nicht erreicht. Ihn umgaben noch immer Elemente der alten Welt, die Lars Realität nannte, doch sie wurden schwächer und verwelkten wie Christians Paradies in dem ersten Traum. Die alte Welt ging jedoch langsamer unter. Und vor diesem Weltuntergang wollte auch Silvia ihrem Feind gegenüber treten. Hierfür fuhr sie mit Chris zurück nach Paris.

Das Paar befand sich in einem Stau auf der Autobahn kurz vor der Hauptstadt. Die Temperatur stieg und im Radio berichtete der Sprecher von Sonnenstürmen, die Stromausfälle in mehreren Regionen verursachen könnten. Chris dachte an das märchenhafte Sternenlicht seiner Fantasie, das ihn aus der Höhle befreit und Silvia in einen wunderschönen Engel verwandelt hatte. Er hatte aber auch von den wissenschaftlichen Hintergründen dieser Stürme gehört.

Es lag an der Umpolung des Erdmagnetfeldes. Das Magnetfeld wirkte als Schutzschild vor Stürmen aus Partikeln und Strahlen der Sonne, wurde bei einer Umpolung jedoch instabil und konnte die Elektrizität auf dem gesamten Planeten für ein Jahrhundert lahm legen. Solch eine Umpolung fand alle 250.000 Jahre statt und die Nächste war schon lange überfällig. Bei den letzten Malen waren die Erdbewohner natürlich nicht abhängig von Elektrizität gewesen, doch jetzt war die alte Welt gefüllt mit seelisch toten Menschen, die mithilfe von Mikrochips wie Roboter ferngesteuert wurden.

Das Radiosignal wurde gestört, dann verstummte es vollkommen zusammen mit der Klimaanlage des Autos und dem Rest der Elektronik. Silvia nahm ihr Handy hervor, um festzustellen, dass es ebenfalls nutzlos war. Chris und Silvia saßen fest in diesem gefrorenen Verkehrsfluss als die Toten aus ihren Autos stiegen und auf die beiden zu wandelten.

Silvia blickte zu ihrer Rechten und hätte geschrien, wenn sie nicht Erschreckenderes gewohnt wäre. Wenige Zentimeter von der Fensterscheibe entfernt sah sie der emotionslose Blick eines Mannes an, neben dem dieser ein Messer hob. Abgelenkt bemerkte sie erst, dass Chris den Wagen verließ, als sie die Fahrertür zufallen hörte. Jetzt war er derjenige, der so schnell davon rannte, dass sie nicht folgen konnte zumal ihre Tür von einem Zombie versperrt wurde.

Sie war verlassen und gefangen ohne eine Möglichkeit den Wagen zu verriegeln. So fest sie konnte zog die Verzweifelte die Beifahrertür an sich, doch ein anderer von ihnen näherte sich der Fahrertür. Und die Worte Silvias Feindes in ihrem Gedächtnis waren alles andere als hilfreich. *Dein Freund wird verschwinden und du wirst ihn nie wieder sehen. Er gehört zu mir.* Die einzelnen Zombies waren schwach, doch sie waren viele und Silvia konnte von einem ausgehungerten Rudel von Wölfen mehr Mitleid erwarten. Diese ehemaligen Menschen würden nicht stoppen solange sie noch über Reste von Elektrizität und einen funktionierenden Anführer verfügten. Die Chips schienen nun auf die Hauptfunktion reduziert worden zu sein. Die verbliebene Seele zu töten.

Silvia öffnete das Schiebedach, während der Zombie zu ihrer Rechten die Tür öffnete. Ungeschickt holte er mit dem Messer aus und ließ es fallen. So schnell es ihm möglich war hob er das lange Jagdmesser wieder vom Boden, doch hierbei wurde sein Kopf mit einem dumpfen Knall von der Tür getroffen, die Silvia auftrat.

Sie schnellte aus dem Auto und von der Fahrbahn auf ein Feld. Dort sah Silvia zum Himmel, wo das Polarlicht mit verschiedenen Rottönen spielte. Es wurde heller, während die wandelnden Toten schwächer wurden. Zu Fuß führte die junge Frau ihren heroischen Weg fort.

## 2

Das Ende der sterbenden Welt nahte. Fast alle Menschen waren bereits gestorben. Militär-Roboter nutzten ihre letzte Energie für sinnlose Zerstörung. Manche Gebäude brannten. Andere ließen nur noch Trümmer zurück. Der Himmel über Paris war von Blitzen durchzogen wie eine zersplitternde Windschutzscheibe und es war spürbar, dass eine höhere Macht den Käfig der Realität aufbrach. Die verlassene Silvia hatte nun neue Hoffnung und glaubte, dass Gott sie im Kampf gegen den Teufel beschützen würde. Der Kampf würde hier auf dem Platz vor der Kirche Notre Dame stattfinden, denn auch Silvia hatte diese Vision. In der Ferne sah sie die Brücke, wo Christian sie zum ersten Mal geküsst hatte, und wünschte sich ihn als Menschen wiederzusehen.

Sie hörte unsichere Laufschritte hinter sich. Silvia wandte sich dem Geräusch zu and erkannte einen weiteren Zombie. "Willkommen zurück. Wie fühlst du dich?" fragte er wie einprogrammiert. Es war der Chirurg. Eine unmenschlichere Version von ihm. Silvia rannte so schnell es ihre erschöpften Beine erlaubten auf die Kathedrale zu, dicht gefolgt von dem Chirurgen. Sie erreichte die verschlossene Kirchentür und wandte sich erneut dem nahenden Zombie zu. Sie bedeckte ihr

Engelsgesicht und hockte sich reflexartig nieder, sodass der Verfolger über sie stolperte. Er knallte gegen die Kirchentür als versuchte jemand darzustellen, dass Menschen, die Gott spielen, nicht gegen das Original ankommen.

Silvia war gelähmt vor Angst, während der Chirurg sein Ziel mit dem Befehl zu töten registrierte und wie betrunken auf sie zu taumelte. Aus seiner Tasche nahm er ein Skalpell und holte zum Stich aus. Wieder verdeckte Silvia ihr Gesicht und dieses Mal schrie sie lauthals Christians Namen.

## 3

Auch Christian hatte den Befehl erhalten Silvia zu ermorden als sie im Auto saßen. Die zweite verbliebene Seele wehrte sich jedoch vehement gegen die Worte des Teufels. Chris verließ den Wagen und versuchte dem Befehl davon zu rennen. Nach einer Weile schloss er sich in einer Kirche ein, zerbrach den Schlüssel und betete für seine Freundin. Dann hörte er, dass etwas gegen die Kirchentür knallte. Er überlegte sich mit einem Kerzenständer zu bewaffnen, doch ging schließlich unbewaffnet und furchtlos zur Tür. Durch das Schlüsselloch sah er den Chirurgen, der mit einem Skalpell ausholte und hörte Silvia seinen Namen schreien. Chris hatte nicht die Zeit Anlauf zu nehmen und trat mit aller Kraft neben das Türschloss.

Der Zombie wurde von der aufgebrochenen Tür zu Boden geschleudert, wo er blieb. Mit einem Blick unbeschreiblicher Erleichterung und Dankbarkeit erhob sich Silvia. Inmitten der sterbenden Hölle stand die gerettete Liebe seines Lebens und das Gefühl im Herzen vertrieb den tödlichen Befehl. Jenes himmlische Brennen war jedoch nicht von langer Dauer, denn der Teufel war unterwegs. Genauer gesagt lauerte er hinter einem in

Flammen stehenden Sportwagen, der nur etwa dreißig Meter von Chris und Silvia entfernt stand. Plötzlich ertönten die sechs Zylinder seines Streetfighter-Motorrades und eine Sekunde später erschien die Maschine in Chris' Sichtfeld rechts neben Silvia. Die Fahrerin hielt ein Schwert in der linken Hand, das unerwartet Silvias Kopf abtr\*\*\*nte.

Ihr wunderschöner Leib sank zu Boden und zitterte wie unter Starkstrom. Mehrere Liter Bl\*\*\*t spritzten stoßweise aus dem H\*\*\*ls. Separat lag ihr Haupt nicht weit von dem Chirurgen mit dem Gesicht zur umkehrenden Salome. Unter Schock machte Chris einen langsamen Schritt zur Seite und sah in Silvias weit geöffnete, ozeanblaue Augen zwischen bl\*\*\*tverschmierten, goldbraunen Haaren. Die weißen Lippen der Traumfrau formten die letzten Worte vor ihrem Tod: "Je t'aime."

Dann stieß das Schwert des Teufels durch Christians Rücken in sein Herz, während auch die Kirche einzustürzen begann. Ein Steinbrocken verfehlte Chris knapp und landete vor seinen Füßen. Verschwommen wie unter Wasser erkannte er darin das Wort, welches er in dem Turm gesucht hatte. Der Antichrist positionierte sich vor Chris und sprach:

"Wir alle haben den Sinn vernichtet, doch trägt niemand die Schuld. Es war unsere Bestimmung und auch ich hatte keine andere Wahl als euch in diesen Untergang zu führen. Der Weg zum Himmel führt durch die Hölle, denn ohne das Böse gibt es das Gute nicht. Es ist Zeit den Preis zu zahlen. Zeit zu sterben."


Am Ende der Zeit ergriff Chris den Stein als nähme er das Schicksal in die Hand und warf ihn mit letzter Kraft in des Teufels Angesicht. Salomes Schädel zersplitterte und zeigte die Steuerungszentrale, die Lars in einem Keller vermutet hatte. Diese Maschine hatte Christians Wahrnehmung seit seiner Geburt verfälscht und war die Ursache der Sinnestäuschungen. Nun war sie terminiert, der Teufel und die anderen Halluzinationen verschwanden und Chris fühlte sich als wäre sein Leben ein Alptraum gewesen, aus dem er nun erwachte.

Christian öffnete seine eigenen Augen und fand sich an seinem Ziel wieder. Es war die neue Heimat jedes Lebens, das aus der alten Welt gewichen war. Das Gute, welches in jedem Menschen wohnte, war hierher gezogen und hatte die Zerstörung hinter sich gelassen. An diesem Ort voller Liebe verlief die Reihenfolge von Leben und Tod umgekehrt und damit war das Leben unendlich. Chris ging hinüber zu einer Person aus der alten Welt und sprach die ersten Worte nach seinem Tod: "Du und ich für immer und ewig."

4

Er kehrte nicht mehr zurück. Am Ende war sein Glaube stärker als die Welt der anderen Hälfte. In Lars' Realität war sie hingegen weder untergegangen noch war Salome der Teufel. Allerdings befand sich die Steuerungszentrale der Chips wirklich in ihrem Kopf und war in der Welt der zurück gelassenen Hälfte nicht terminiert worden. Lars Darwien war Salomes Hauptopfer, wenngleich ihr ein Teil seiner Seele entkommen konnte. Wird auch der gebliebene Teil sie besiegen?

Das wird sich später zeigen, aber ich glaube es ist Zeit den Erzähler dieser Kurzgeschichten zu enthüllen. Ich bin eine Hauptfigur darin. Eine unschuldige Frau, die von der Wirtschaft missbraucht wurde. Der Inhaber des Over & Under hatte mir die Zentrale in mein Gehirn implantieren lassen, um die Gedanken der Kunden zu lesen und zu steuern. Im Falle von Widerstand, musste ich sie mit fürchterlicher Panik erpressen und meine wesentliche Aufgabe war es sie mit sexuellem Verlangen zu locken. In deren Wahrnehmung konnte ich jede Gestalt annehmen. Zum Beispiel hat Lars mich als eine Studentin namens Désiré gesehen als er versuchte das Over & Under zu ruinieren.

Übrigens hatten wir in der Wohnung keinen Sex. Lars sagte er sei vergeben (und damit meinte er nicht die imaginäre Silvia). Trotzdem habe ich ihn zuvor in anderer Gestalt in meinen sexuellen Bann gezogen und davon handelt die nächste Kurzgeschichte. Ich habe mich entschieden weiterhin in der dritten Person von mir zu schreiben und mein Name ist Salome. Für Lars war ich diejenige, die ein angenehmes, brennendes Gefühl verursachte. Für Lars war ich wie der hellste Stern, der einen Sonnensturm der Erotik in seinen Kopf blies. Und jetzt muss der Leser nicht mehr auf Einzelheiten verzichten.

*"Sun of San Sebastian eighteen years young today*
*She's all I ever dreamed, but now my skies are turning gray*
*It was good I got to know her well, because it made me see*
*That the sun of San Sebastian is just too hot for me"*

*Sonata Arctica*

# Versext

1

Im Sommer war ihre Haut gebräunt wie frisch gebackene Sonntagsbrötchen. Im Winter erinnerte sie eher an Schneewittchen mit feurig dunkelrotem Haar statt schwarzem. Ihr Körper bestach durch ansehnliche Rundungen, ihr Gesicht war scharf wie gemeißelt und ihre rotbraunen Augen beinahe hypnotisierend. Jene von Natur aus attraktive Frau mit dem mystischen Namen Salome war eine wahre Perfektionistin und bevor die Zeit ihre Schönheit verderben konnte, wurde ihr ein fragwürdiges Geschenk gemacht. Der Inhaber des Modegeschäfts Over & Under ermöglichte es Salome die Wahrnehmung der Kunden auf ganz neue Weise zu täuschen, um seinen Gewinn zu maximieren. Sie bekam die totale Dominanz über die ahnungslosen Gesteuerten.

Bis dahin war Salomes Leben nicht derartig außergewöhnlich gewesen. Sie kam aus dem Baskenland Nordspaniens nicht weit von der französischen Grenze. Ihre Mutter Esmeralda war eine Lehrerin, deren Erfahrungen mit Männern nicht die Besten waren. Sie war bereits von psychischen und körperlichen Narben gezeichnet als sie Salomes Vater zum ersten und letzten Mal traf. In einer Sommernacht 1964 saß Esmeralda allein und betrunken am Strand. Der westdeutsche Tourist kam zu ihr, hörte sich ihre Probleme an und nutzte ihren Zustand, um sie anschließend flachzulegen. Sie sah ihn nie wieder.

Später warnte die Lehrerin ihre einzige Tochter vor Alkoholmissbrauch und der Art von Männern, die ihr das Leben schwer gemacht hatte. Die Perfektionistin Salome plante ohnehin auf den richtigen Mann zu warten und fand sich noch nicht einmal schön genug. Noch nicht.

Ihre Mutter hatte Salome ebenso erzählt, was man im Spätmittelalter tausenden von unschuldigen Frauen angetan hatte. Vermeintlichen Hexen. Esmeralda hatte ein Faible für Hexen und oft erwähnt sie wünsche sich selbst eine zu sein. Die Lehrerin hatte jedes Mal hinzugefügt, dass dies nur alberne Rachegelüste seien. Einmal sagte sie aber auch, dass Attraktivität eine gewisse Macht über Männer folgte. Doch wie jede Macht dürfe man auch diese nicht missbrauchen, was die junge, hinreißend aussehenden Salome ihrer Mutter sogar versprechen musste.


1983 fand Salome nach eingehender Recherche die Adresse ihres Erzeugers heraus. Nur der Vorname Roland und das Datum seines Aufenthalts in ihrer Heimatstadt Donostia-San Sebastián waren ihr zunächst bekannt. Allerdings war Salome auf Rolands Freunde und damaligen Reisegenossen gestoßen, die regelmäßig zum Surfen an diesen Urlaubsort kamen. Mit der Adresse machte sich die Achtzehnjährige auf den Weg nach Deutschland und traf ihren Vater, was sich als die größte Enttäuschung ihres Lebens herausstellte.

Der stämmige, vierzigjährige Unternehmer hatte in der Zwischenzeit eine andere Familie gegründet, mit der er zusammen lebte, und leugnete jede Verantwortung gegenüber der erwachsenen Salome. Sein fehlendes Interesse an der hübschen, intelligenten, gut und fertig erzogenen Tochter zerstörte ihre Hoffnung in eine andere Wahrheit als die Beschreibung ihrer Mutter. Sie machte noch einige vergebliche Versuche Rolands Interesse zu wecken, fand währenddessen jedoch Freunde in Deutschland.

Salome begann dort Germanistik zu studieren und plante anschließend wie ihre Mutter in Spanien zu unterrichten. Neben dem Studium arbeitete sie in dem besagten Modegeschäft und wurde ein Kundenmagnet. Salome kehrte nicht zurück nach Spanien sondern heiratete den Inhaber und wurde Geschäftsführerin des Over & Under. Sie war verleitet worden, doch das Versprechen Attraktivität nicht zu missbrauchen hätte Salome nicht weitreichender brechen können. 1998 kam der sechzehnjährige Lars zum ersten Mal in den Laden.


2

Lars war nicht gerade der Typ, für den Mädchen sich schminkten. Er war der Bücherwurm, der zu jener Zeit nicht ansatzweise eine Freundin gehabt hatte. Hässlich so wie Chris ihn sah, konnte man ihn jedoch nicht nennen. Der Sechzehnjährige war durchschnittlich groß und hatte auch keine unsportliche Figur, denn er fuhr viel und gern Fahrrad. Zudem war er mit Akne verschont worden. Seine glatte Haut hatte die Farbe heller Eierschale. Sein Haar war blond, seine blauen Augen blickten durch eine Brille und mit der Narbe an der Stirn erinnerte er an Harry Potter.

Lars' Mitschülern gefiel es ihn wegen seines altmodischen Kleidungsstils zu verspotten, aber hauptsächlich waren es seine Charaktereigenschaften, die ihn unattraktiv machten. Zwar war er freundlich, denn so war er erzogen worden, doch Lars war eben außerordentlich introvertiert. Er galt nicht als krank. Man beschrieb ihn lediglich als seltsam, schüchtern, sensibel, Träumer, Muttersöhnchen und schwul. Letzeres war er nicht.

Nun kam er mit dem Fahrrad von der Schule und fuhr durch einen Waldweg zum Stadtzentrum. Zur Abwechslung war Lars gut gelaunt. Es war ein sonniger Frühlingnachmittag, wobei der ganze Wald blühte und auch der pubertierende Junge kam sich aufblühend vor. Es lag an den Hormonen, die seine Stimmung in letzter Zeit auf unbekannte Ebenen anhoben. Manchmal sogar gegen seinen Willen, denn er hatte zunehmend bemerkt, wie sexuelles Verlangen in der Werbung ausgenutzt wurde. Lars war nicht dumm und wollte sich nicht manipulieren lassen, aber Lust konnte ein mächtiger Herrscher sein. Im Wald lauschte Lars dem Paarungsritual der Vögel wie Musik und überlegte er sei nun bereit für eine Freundin. Es müsste ihm nur gelingen seine Schüchternheit zu durchbrechen und vielleicht sollte er sich auch neue Kleidung zulegen.


Im Stadtzentrum angekommen stellte der Teenager sein Fahrrad vor einem Laden ab, den er zuvor noch nie besucht hatte. **Over & Under** prangte die Schrift über dem Eingang und leise Popmusik kam von innen als wäre der Eingang das stilvolle Mundwerk eines Marktschreiers. Auch einen anregenden Duft nahm Lars unterschwellig aber wirkungsvoll wahr. Er trat ein und wurde von warmer Luft umarmt, während Salome aus dem Untergeschoss herauf kam. Der Gesteuerte hatte keine Ahnung, wohin dieser Besuch führen würde.

Zuerst kam er sich vor wie in einem Labyrinth und bemerkte nicht, dass Salome ihr perfektes Opfer beobachtete. Nachdem er eine passende Jeans gefunden hatte, begab er sich zur Kasse, wo eine blonde Verkäuferin gerade zur Pause ging. Dann hörte Lars das nahende Klacken von High Heels. Er musste in diese Richtung blicken und bemühte sich nicht zu gaffen.

Es war wie eine Darstellung der Redewendung *Sex sells*. Die neue Verkäuferin war dabei Sex und er ein typisches Opfer der

Verlockung. Ihr in Lippenstift gekleideter Mund formte ein verführerisches Lächeln, wo Lars eine Menge hinein interpretierte. Sie sprach mit leichtem Akzent, aber deutlich selbstbewusster als Lars. Als er der Dame sein Taschengeld übergab, war er sich der Hormone ausschüttenden Berührung ihrer Hände für nicht einmal eine halbe Sekunde sehr bewusst. Es fühlte sich an als wäre er mit einer Art von Liebe elektrifiziert worden. Auf dem Weg zum Ausgang dachte Lars immer noch über das geheimnisvolle Lächeln nach. An der Tür wurde seine Überlegung dann von einer Sirene unterbrochen.

Erschrocken drehte Lars sich zu der Verkäuferin, die in ihren hohen Schuhen zügig auf ihn zu klackte. Mit dem gleichen Lächeln sagte sie "Entschuldigung. Ich habe vergessen den Sicherheitschip zu entfernen." Sie nahm die Jeans und entfernte eine Diebstahlsicherung, wobei sie mit der anderen Hand in den Schritt der neuen Hose griff. Lars bemerkte, dass er in solchen Situationen doch zu nervös war, um mit einer Freundin umgehen zu können. Außerdem bemerkte er den Ehering an ihrem Finger. Auf dem restlichen Heimweg bekam er die Frau jedoch nicht mehr aus dem Kopf.

Vor dem Einschlafen tat Lars etwas, was er jeden Abend tat, aber dieses Mal mit einem anderen Hintergrund. Es konnte sogar erregender sein als Masturbation. Er las und rutschte Wort für Wort in das fiktive Szenario. Dieses Mal hatte er den Text vorher selbst geschrieben und er handelte von der Verkäuferin. Lächeln oder nicht, Lars wusste, dass er außerhalb seiner Fantasie keine Chance hatte bei ihr zu landen. Selbst wenn sie nicht vergeben gewesen wäre, war sie mindestens doppelt so alt wie er und mit ihrem Aussehen, worauf sie offenbar viel Wert legte, spielte sie auch nicht in seiner Liga. Dennoch war es so weit, dass er sich verliebt hatte. Es war allerdings eine eigene Art des Verliebtseins, die Lars versext nannte. Und es hatte gerade erst angefangen.

## 3

"Liebes Tagebuch, heute möchte ich dir mal etwas von meinen heimlichen, sexuellen Fantasien anvertrauen. Da ich nicht gegen meine Schüchternheit anzukommen scheine, würde ich mich leider nicht trauen etwas Derartiges in die Tat umzusetzen. Zum Beispiel ist mir heute eine sehr ansehnliche Dame beim Einkaufen aufgefallen. Ich habe nur ein paar unauffällige Blicke auf sie geworfen und bin anschließend nach Haus gegangen, aber dort bin ich regelrecht in meine erotischen Vorstellungen versunken. Ich beschloss diese aufzuschreiben, damit ich mich öfter daran erfreuen kann und hier kommt das Ergebnis.

Ich tauchte ein in eine Welt, die ich selbst dirigieren konnte. Auch hier konnte ich Scham und Schmerzen empfinden, jedoch nur wenn ich es wollte. Trotzdem hatte ich gegen Ende der Vorstellung ein bedrückendes Gefühl, dass meine Fantasie von jemand anderem gesteuert wurde, aber ich fange von Vorn an. Zu Beginn der Vorstellung befand ich mich im Erdgeschoss des Kleidungsgeschäfts. Wie auch in Wirklichkeit war die äußerst attraktive Frau eine Verkäuferin und dieses Mal war sie dabei Hemden einzusortieren. Ich stand wenige Schritte hinter ihr, tat so als interessierte ich mich für Pullover und bewunderte ihre perfekt geformten, weiblichen Rundungen. Meine Beobachtung hielt ich sogar hier unauffällig.

Die Frau stand leicht vorgebeugt und in ihrer weißen Hose war die genaue Kontur ihres Hinterteils zu erkennen. Der Unauffälligkeit halber wanderte mein Blick zum Spiegel an der Wand und hier empfand ich zum ersten Mal in dieser Vorstellung Scham. Sie hatte meine Spannerei durch den Spiegel sehr wohl bemerkt.

Ohne ein Wort zu sagen wandte ich mich ab und ging zum Ausgang. 'Kann ich helfen?' fragte sie - 'Nein, tut mir leid.' antwortete ich beschämt und begann zu rennen, während sie sich zur Kasse neben den Hemden begab. Am Ausgang wurde ich von einer Sirene aufgehalten, die sie womöglich von der Kasse aus betätigen konnte. Sie marschierte zu mir und fragte: 'Hast du vergessen für etwas zu bezahlen?' - 'Nein'- 'Komm mal bitte mit.' sagte sie, doch in ihrem Tonfall lag nichts Bittendes. Die Verehrte genoss ihre dominante Rolle und führte mich in den Keller. Dort sagte sie: 'Warte hier für zwanzig Minuten. Dann schließe ich den Laden. Vorher habe ich keine Zeit für ungezogene Diebe.'

Ich - ein anständiger Junge, der nie mit dem Gesetz in Konflikt geraten war - stand aufgeregt in dem virtuellen Kellerraum. Der Raum wirkte etwas heruntergekommen und nicht größer als eine Gefängniszelle. Von der Decke hing eine einzelne, hell leuchtende Glühlampe. An der Wand befand sich ein weiterer Spiegel, hinter mir ein Schreibtisch und neben mir ein Stuhl. Nach einer Weile hörte ich wieder das nahende Klacken von High Heels. Die Verkäuferin öffnete die Tür, kam erneut auf mich zu und stellte sich mit den Händen in den Hüften vor mich. Ihre Haare waren zu einer strikt genauen Dutt-Frisur gesteckt. An ihrem dunklen Jackett über dem üppigen Busen war ein Namensschild angebracht. Frau Rohrstock begann ein sehr indiskretes Gespräch.

- Du hast wohl gedacht in deinem Intimbereich kann dich keiner kontrollieren was?

- Wovon sprechen Sie bitte?

- Davon, dass du da etwas versteckt hast.

- Ich habe noch nie etwas gestohlen und auch jetzt nicht.

- Das sagen sie alle. Hose runter!

- Ich weiß nicht, worauf Sie hinaus wollen, aber ich glaube Sie sind nicht mein Typ.

- Ach nein? Wenn du da nichts versteckt hast, freust du dich aber sehr mich zu sehen. Zumindest deine E***n.

- Nein, ich habe nichts geklaut und das ist auch keine...

- Dann beweis' es und ich lass dich gehen. Die Unterhose kannst du erstmal anbehalten.


Ich wollte fragen, ob es wirklich sein musste, aber ihr strenger Blick beantwortete die Frage im Voraus. So vorsichtig als wäre es zu kalt dafür öffnete ich die neue Jeans und ließ sie bis zu den Knien hinunter. Frau Rohrstock warf einen prüfenden Blick auf meine hellgraue, hautenge Boxershorts, welche die Form eines halb versteiften G***tals zeigte.

- Also du kannst mir nicht erzählen, dass das der normale Zustand ist.

- Zumindest hab' ich nichts geklaut.

- Naja, da du nicht ganz ehrlich zu mir warst, gehe ich lieber auf Nummer sicher. Oder willst du mir erzählen, dass es dir nicht gefallen würde?

- Was haben Sie vor?

- Ich werd' mir deine Kehrseite jetzt auch mal genauer ansehen du kleiner Spanner. Ja, ich rede von deinem Popo.

Sie zog das zweite O gelassen und erotisch in die Länge und mein P***s war jetzt deutlich ausgewachsen.

- Willst du deine Lust immer noch leugnen?

- Nein.

- Dann umdrehen und Hände auf den Tisch.

Ich gehorchte. Frau Rohrstock nahm den Stuhl und platzierte ihn hinter mir. Dabei sagte sie: 'Ich kenne deine Sorte. Stille Wasser sind tief. Aber jetzt ist Schluss mit den Heimlichkeiten.' Sie setzte sich. 'Mein Mann hat auch ein böses Geheimnis. Ein bitterböses. Geheimnisse sind wie A***löcher. Jeder hat eins, aber sie sind versteckt. Mal sehen, was wir hier haben...'

4

" '...Das wars auch schon. Du kannst dich wieder anziehen.' sagte Frau Rohrstock, nachdem sie mich mit dem Blick einer Lehrerin, die die Hausaufgaben kontrolliert, inspiziert hatte. Sie stand auf, ging zu meiner Rechten und fügte hinzu. 'Ich hoffe es hat dir gefallen.' Während ich meine Hosen hochzog, wandte ich mich von ihr ab, damit sie nicht auch noch mein gänzlich unbekleidetes G***l zu sehen bekam. Ich vermied es ihr in die Augen zu sehen, nachdem sie mich so bloß gestellt hatte, doch sie fasste sanft mein Kinn und drehte meinen Kopf, sodass ich in ihre Augen sah.

- Alles in Ordnung?

- Ja eigentlich schon. Sie haben nur aufgehört als ich gerade so erregt war.

- Hier ist meine Nummer, falls du mehr willst. Aber nicht hier.

- Danke. Tun Sie das mit vielen Kunden?

- Nur in deren Fantasie so wie jetzt in deiner.

- Okay. Dann bis zum nächsten Mal. Und ja, es hat mir sehr gefallen. Ich kann das nächste Mal kaum erwarten.

- Warte.

- Wie bitte?

- Willst du mit deinem Ständer rausgehen?

- Nein...

- Komm zurück. Wir können auch hier weiter machen.

Sie legte das Jackett ab, knöpfte ihre Bluse auf und machte eine lockende Geste. Mit dem erigierten G\*\*\*d voraus wie die Antenne eines ferngesteuerten Spielzeugs kam ich zu ihr und musste auf ihre prallen Brüste starren.

- Jetzt ist die Vorderseite wieder dran. Dieses Mal gänzlich unbekleidet. Einmal frei machen.

- Also ich glaube ich bin dafür zu...

- Ich dachte du kannst es kaum erwarten. Frei machen hab ich gesagt. Wenn du brav gehorchst, bin ich nett zu dir. Wenn nicht, werd' ich dich hart rannehmen.

- Aber...

- Meine Güte, ist das so schwer?

Abrupt öffnete sie meinen Gürtel und zog beide Hosen bis zu meinen Füßen hinunter. An dieser Stelle versuchte meine Fantasie einen Wechsel der Rollenverteilung, sodass die annähernd vergewaltigende Frau beim Anblick meines enthüllten G\*\*\*ds die Hände hob als wäre es eine Waffe und flehte *Bitte tun Sie mir nicht weh. Bitte nicht zu tief.* Aber die Vorstellung war nicht wirksam genug, weil sie der Wirklichkeit zu fern war. Die Verkäuferin behielt ihre Dominanz, erhob sich und befahl: 'Setz dich!'.

Während ich auf dem kalten Stuhl saß, holte sie etwas aus einer Schublade des Schreibtisches, das mir Unbehagen und Erregung zugleich einflößte. Hinter der Stuhllehne fixierte sie meine Hände mit den Handschellen aus der Schublade und stolzierte klackend zu meiner Vorderseite zurück. Meine Augen blickten um Mitleid bittend und meine entblößte E***n nach mehr verlangend wie eine Banane zur Sonne auf. Geschickt zog sie ihren Gürtel von der weißen Hose und ließ ihn in die linke Handfläche knallen. 'Denk dran. Sei ein braver Junge sonst muss ich dich bestrafen.' sagte sie bevor sie meine Füße mit dem Gürtel zusammen band, wobei ich bedeutend mehr von ihren prachtvollen Brüsten sehen konnte.

'Ist es das, was du oben sehen wolltest?' fragte sie als sie mit dem Gesäß zu mir stand und mit einer umgekehrten Verbeugung und ohne jede Eile die weiße Hose abwärts streifte. In einem schwarzen String-Tanga befanden sich die gebräunten Gesäßhälften wenige Zentimeter vor meinem Gesicht. Als sie Schuhe und Hose abgelegt hatte, band sie die Hosenbeine fest um meinen Oberkörper und verknotete sie hinter der Lehne. Mit ihrer Bluse verband sie meine Augen. Ein paar Momente der Spannung vergingen in der Dunkelheit. Dann spürte ich ihre Fingerspitzen an dem Glied, das nicht härter hätte sein können, und im nächsten Moment tauchte die Spitze des Ständers in etwas Feuchtwarmes ein. Sie entfernte die Bluse von meinen Augen und der Anblick ihrer puren Nacktheit auf mir, so plötzlich wie das helle Licht nach der Dunkelheit in ihrer Bluse, schüttete erneut eine brennende Welle von Hormonen aus.

Vorsichtig wippte sie auf und ab. Die Vorstellung wirkte mittlerweile fast so echt wie die Realität und ich versuchte weiter in sie einzu***gen. Plötzlich zuckte die virtuelle Frau zurück. Sie stand auf und fasste mit schmerzverzerrtem Gesicht in ihren Schritt. 'Das war zu tief du...' Sie gab meiner E***n einen seitlichen Klaps, sodass diese wie ein umgedrehtes Pendel hin und her schwang, ohne dass ich es in meinen Fesseln ändern konnte. Frau Rohrstock sah mich empört an und fasste wieder mein Kinn. Dieses Mal hart. Sie hob den Zeigefinger der anderen Hand und sagte wütend: 'Wenn du das nochmal machst, steck ich dir den Finger hier bis zum Anschlag in den ***. Egal, wie viel du jammerst.' Ich starrte den knallrot lackierten, spitz gefeilten Fingernagel an. 'Bitte nicht' - 'Dann sei vorsichtig und akzeptiere, dass ich nicht für realen Sex zur Verfügung stehe. Dafür bin ich vergeben.'

Sie ließ meinen Ständer wieder herein. Inzwischen wirkte sie freundlicher und war sichtlich befriedigt. Ihre nackte Haut umarmte mich, während ihre Zunge mit meiner spielte. Ich wollte diesen Akt nicht enden lassen, doch das musste er. Frau Rohrstock sagte: 'Du kannst mehr haben, aber es ist nicht umsonst. Es freut mich zwar, dass du dich mehr für mich interessiert hast als für die Pullover, aber du solltest einen kaufen. Sonst gibt es nicht mehr. Die Klamotten sind im Over & Under nur eine Tarnung. In Wahrheit ist es das erste Cyber-Fantasy-Bordell. Mein Mann ist der Besitzer und wie genau es funktioniert ist sein Geheimnis.' "

## 5

Während Lars an diesem Freitagabend einschlief, befand sich Salomes Ehemann in einer Bar im Ausland. Am Morgen zuvor hatte er ein wichtiges Treffen mit dem Inhaber einer großen Firma für Militär-Roboter, die er am Montag zu kaufen plante. Alex, wie seine Freunde ihn nannten, war ein Macher, zehn Jahre älter als seine Frau und der Boss in ihrer Beziehung. Er gehörte nicht zu den Sklaven, die mit Chips im Hirn herum liefen ohne es zu wissen. Und ohne zu wissen, dass Alex das Überwachungssystem mithilfe eines Freundes gehackt und einen anderen Transponder in Salomes Kopf untergebracht hatte.

Ursprünglich waren die Chips aus Sicherheitsgründen von Geheimdiensten implantiert worden und verschiedene Regierungen wollten diese Methode verbieten. Aber Alex hatte seinen Plan, um dies aufrecht zu erhalten. Er würde bald mithilfe der Chips Terroranschläge initiieren, sodass sich jede Regierung so viel Sicherheit wie möglich wünschen würde.

RFID-Chips zu manipulieren hatte für Alex bisher hervorragend funktioniert. Der Trick war ein komplexer biophysikalischer Vorgang, wobei bestimmte Gehirnhälften stimuliert wurden, doch die Funktion war simpel. Salome sendete per Gedankenkraft die Besessenheit zum Gehirn des Opfers wie den Fluch einer modernen Hexe. Der Rest oblag der schmutzigen Kreativität des Sklaven, die ihn in einer virtuellen Welt zum Kaufen erzog.

Kein Wunder, dass das Over & Under die erfolgreichste Kleidungskette in der Region war, doch natürlich wunderte es viele, welches Geheimnis hinter den monströsen Umsätzen steckte. Und das Over & Under war nur der Anfang. Alex wäre dämlich, wenn er mit dieser Fähigkeit bei einer Kleidungskette bleiben würde, während er damit die Welt regieren könnte. Es brauchte lediglich Zeit die Millionen zu verdienen, um die notwendigen Unternehmen in Besitz zu nehmen.

Am kommenden Dienstag würde er seine Frau wiedersehen und von seinem Projekt erzählen. Es war das gleiche Prinzip wie bisher. Salome müsste nur die Illusion eines Feindes statt der einer überaus attraktiven Frau erzeugen. Statt Lust müsste sie Angst und Wut hervorrufen und den Platz der Kleidung würden Militär-Roboter einnehmen. Natürlich war es böse, aber das war nun einmal eine zwangsläufige Eigenschaft der Wirtschaft und die Welt brauchte die Wirtschaft. Salome würde es verstehen und am Dienstag würde Alex sie flachlegen. Er war der Einzige, der das wirklich konnte.

## 6

Am Samstag konnte Lars sie nicht in dem Laden finden, doch er hatte noch seine aufgeschriebenen Szenarien, die er am Wochenende erweiterte. In der nächsten Vorstellung war der Träumer mit seiner lebhaften Fantasie erneut zu tief in sie einge\*\*\*gen und ihn erwartete eine Bestrafung. Die Bestrafung, die sie beim letzten Mal angedroht hatte. Ihre Dominanz wurde langsam zu hart für seinen Geschmack und ziemlich beängstigend. Seine Fantasie war nun spürbar von Salome gelenkt und sein Text aus ihrer Sicht geschrieben:

"Also gut du kleiner Bücherwurm. Komm zurück in meine Welt, damit ich dir eine Lektion erteilen kann. Wir sind wieder im Keller. Ich trage ein enges, schwarzes Kleid und dein Blick ist hin und her gerissen zwischen meinen fast unbekleideten Beinen und der Spalte zwischen meinen Brüsten, in die du am liebsten versinken würdest. Du Lustmolch stehst wieder mit runtergelassenen Hosen vor mir. Ich sitze auf dem Stuhl, zeige auf meinen Schoß und befehle dir dich darüber zu legen. Du tust, was ich verlange. Mit meinen nackten, festen Oberschenkeln klemme ich deine E\*\*\*n ein, damit du mir ja nicht entkommst. Durch den Spiegel an der Wand sehe ich in dein erregtes, ängstliches Gesicht und hebe schadenfroh den Zeigefinger.

Jetzt bin ich in dir und zeige dir meine Macht, die tiefer in deiner Seele bohrt als deine Vorstellungskraft es auch nur gewagt hat. Und für den versuchten Dominanzwechsel wirst du jetzt büßen. Während der intimen Strafe, strampelst du hilflos mit den Beinen und versprichst so viel bei mir zu kaufen, wie du kannst. Danach lasse ich dich mit Tränen in den Augen gehen." Dies war Lars' Besessenheit, jedoch nicht mehr lange.

Am Montag fand er Frau Rohrstock in dem Laden und gab sein letztes Taschengeld für einen Pullover aus. In der Schlange vor der Kasse genoss er ihre Stimme bei jedem Preis, den sie nannte, bis er endlich vor ihr stand. Lars neigte schon immer zu Nervosität, aber selten so wie jetzt als tatsächlich die Spalte zwischen ihren opulenten Brüsten in ihrem freizügigen Ausschnitt zu sehen war. Es war keine leichte Aufgabe ihr in die Augen zu sehen. Etwas ungeschickt übergab Lars ihr einen zerknüllten Fünfzigeuroschein. Mit hochgezogenen Augenbrauen entfaltete sie den Schein und Lars nahm den Mut zusammen, den er in den vergangenen Tagen vorbereitet hatte. Bereit seine Schüchternheit zu durchbrechen sagte er: "Sorry, ich wollte eigentlich ein Herz daraus basteln."

Ihre Reaktion war wirklich überraschend. Ihr Lächeln wurde authentischer. Beinahe ein zurückhaltendes Lachen, aber das war nicht das Überraschende. Ihre Wangen färbten sich in einen menschlichen Rosaton und während sie mit einer Hand das Geld wechselte kontrollierte ihre andere schnell die Temperatur ihrer Wangen oder anders ausgedrückt, ob ihr anzusehen war, dass sie sich geschmeichelt und verlegen fühlte. Diese Erfahrung verlieh Lars eine ungeahnte Selbstsicherheit und seinen Geschichten einen Dominanzwechsel.

7

Nach ihrer unerwarteten Reaktion, schien der Wirklichkeit nichts mehr zu fern zu sein. Das nächste Szenario begann damit, dass er ihre Nummer wählte. Die Stimme, mit der sie sich meldete, hatte den Klang der Überlegenheit verloren. Im Tonfall einer Entschuldigung lud sie ihn zu sich nach Haus ein. Lars fragte, ob sie denn nicht verheiratet sei und Salome antwortete sie und ihr Mann lebten getrennt. In ihrem Haus, das etwas zwischen Villa und Palast war, führte sie Lars durch eine große Eingangshalle in ein kostbar eingerichtetes Wohnzimmer und fragte:

- Willst du 'was trinken?

- Nein danke. Wie kommt es, dass du so freundlich bist?

- Naja, achtzig Prozent der Männer stehen auf dominante Frauen, aber ich glaube du hast auch etwas von den anderen zwanzig. Außerdem tut es mir leid, dass ich so grob zu dir war. Ich konnte nicht anders, aber wenn du willst, kannst du den Spieß jetzt umdrehen.

Aus der Eingangshalle war ein hallendes, regelmäßiges Klatschen zu hören, das die sonstige Stille unterbrach. Frau Rohrstock lag über Lars' Schoß gebeugt. Ihr weißer, geblümter Slip befand sich eingerollt um ihre Oberschenkelmitte. Jedes Mal nachdem seine Hand hinunter fuhr, wurden ihre bloßen Pobacken durchgeschüttelt und kamen sofort wieder zum Stillstand. Sie nahmen den Rosaton ihrer Wangen an als zeigten auch diese ihre Verlegenheit. Sie jammerte schauspielerisch: "Au! Ich wollte dir nicht weh tun. Wirklich nicht. Au! Das ist unfair. Du bist stärker als ich. Au! Bitte, ich habe meine Lektion gelernt. Ich werde nicht mehr mit solchen Tricks arbeiten und wir können wirklich zusammen sein. Du hast mir gefallen seit ich dich zum ersten Mal gesehen habe." - "Alles in Ordnung?" fragte er nach der Strafe. - "Es tut weh, aber es ist in Ordnung. Wir sind quitt."


Lars schrieb den Text nieder und dachte darüber nach, was Salome sagte. Gefiel er ihr wirklich? Und waren sie und ihr Mann wirklich getrennt? Warum trug sie dann den Ring? Er musste es herausfinden. Lars war einer der ersten in seiner Klasse, die ein Handy besaßen, was nun sehr vorteilhaft war. Morgen würde er ihr einen zum Herzen gefalteten Zettel mit seiner Nummer geben. Wenn sie sich meldete, könnten seine wildesten Träume wahr werden und wenn nicht, würde er den Laden wahrscheinlich nie wieder betreten. Sein Ziel hätte nicht höher sein können, doch es war diese Frau, in die er sich verliebt hatte, und nicht etwa ein Mädchen in seiner Klasse. Der nächste Tag war Dienstag oder wie man in seiner Klasse zu sagen pflegte Tu-es-day.

## 8

Der Dienstag begann wie jeder Wochentag abgesehen von dem Zettel in Lars' Tasche, den er der Verehrten gleich nach der Schule geben würde. Die sieben Schulstunden schienen langsamer zu vergehen als sonst. In den Pausen saß Lars wie immer in einer Ecke und las ein Buch. Seit er lesen konnte war dies seine liebste Beschäftigung, um sich Einsamkeit und Langeweile zu vertreiben. Manchmal gesellte sich der ein oder andere Streber zu ihm, doch zu Mädchen hatte Lars noch keinen näheren Kontakt gehabt.

Allerdings gab es eine weibliche Streberin in seiner Klasse, die ebenfalls verliebt war. Das Mädchen namens Anna hatte Lars kürzlich als Mobbingopfer abgelöst, denn es war eine andere Schülerin, in die Anna bekanntlich verliebt war. Die geliebte Schülerin war nicht lesbisch, aber die schönste der Klasse, weshalb Lars Annas Lage nachvollziehen konnte. Seine eigene sah er jedoch etwas hoffnungsvoller.

Er betrat das Over & Under und seine Entschlossenheit wich der alten Schüchternheit als würde der Chip ihn zurück halten. Das Geschäft war gefüllt wie zum Schlussverkauf und neben Salome bediente die andere Verkäuferin eine zweite Kasse. Lars wollte deren Arbeit nicht unterbrechen und hatte kein Geld mehr, so gab er vor sich nach etwas umzusehen und probierte verschiedene

Kleidungsstücke an. Es war auffällig, dass ihm niemand Hilfe anbot. Nach einer guten halben Stunde hatten sich die Schlangen vor den Kassen aufgelöst und nun musste er es wagen. Jetzt oder nie.

Schleppend bewegte sich Lars auf die Kasse zu und spürte den Widerstand des Chips. Er sollte so etwas nicht in der realen Welt tun. Nicht weit von der Kasse hockte er sich vor einem Regal mit Socken und Unterwäsche nieder, um noch etwas Mut zu sammeln. Dabei lauschte er dem Gespräch der Verkäuferinnen. Die Blonde fragte:

- Wann wollte Alex kommen?

- Er müsste jeden Moment hier sein. Ich musste auch lange genug warten.

- Okay. So ein vielbeschäftigter Mann wäre ja nichts für mich. Es hat auch Nachteile, wenn man mit dem Chef verheiratet ist oder?

- Ha ha. Ich kann verstehen, dass du eifersüchtig bist. Sonst würde ich dir auch mehr von seinen Vorteilen erzählen. Außerdem bin ich die Geschäftsführerin und mehr beschäftigt.


Es klang nicht so als seien Salome und ihr Mann getrennt. Es sei denn die virtuelle Salome meinte mit getrennt, dass sie *viel* und *mehr* beschäftigt waren. Salome erzählte doch noch von Vorteilen als ein Mann das Geschäft betrat, der sich von den anderen Kunden deutlich unterschied. Er hatte sehr gepflegtes, braunes Kopfhaar sowie Vollbart, trug einen dunklen Anzug und einen goldenen Ehering. Er war nicht besonders groß, doch sein Blick und Gang verrieten, dass ihm der Laden gehörte. "Da komm' ich ja gerade richtig." lachte er.

Salome sagte der Blondine sie sei zu Tisch und verschwand mit dem Geschäftsführer im Keller. Lars erhob sich und konnte noch sehen, wie sie sich küssten, bevor sich die Tür zum Raum seiner Wunschvorstellungen schloss. Erfüllt von Eifersucht und Wut verließ er das Geschäft. Diese Wut würde Lars erst ein halbes Jahr später beim Zusammentreffen mit Alex loswerden.

## 9

In der ersten Woche nach dem enttäuschenden Ladenbesuch fiel es Lars noch schwer an etwas anderes zu denken. Dennoch schrieb er die Geschichten von der bezaubernden Salome weiter. Es waren Szenarien von Salome am Strand, Salome unter der Dusche, Salome wie sie sich umzog, Rollenspiele von ihr als Lehrerin, Schülerin, Krankenschwester, Patientin, Sex-Sklavin und Domina. Die Befriedigung verlangte nach Abwechslung und mit der Zeit verloren die Vorstellungen ihre außergewöhnlich erotisierende Wirkung.

Lars versuchte sich wieder auf seine eigentlichen Interessen zu konzentrieren. Es gab so viel mehr als Sex, doch die Aufmerksamkeit des Minderjährigen war darauf gelenkt worden und hatte ihn in eine Falle gelockt. Nach einem Monat fand er eine Art Gegengift zu seiner Besessenheit. Mitgefühl.

Lars war für ein männliches Wesen eigenartig sensibel und so gab es Situationen, in denen er unendliches Mitleid für Personen empfand, das sein sexuelles Verlangen austreiben konnte. Es kam vor als er von einem entführten Kind hörte, das lebendig begraben worden war. Als er im Fernsehen Menschen sah, die wenige Stunden vom Hungertod entfernt waren und nicht einmal genug Wasser für Tränen hatten. Als er vom Zweiten Weltkrieg und den Konzentrationslagern las. Als er hörte, wie Frauen in manchen

Ländern behandelt wurden. Und auch wenn er sah, wie die lesbische Anna in der Schule gemobbt wurde.

Erst mit der zeitlichen Distanz von zwei Monaten realisierte Lars wie süchtig er in so kurzer Zeit geworden war und dass man von Gefühlen wie blinder Liebe in einen tiefen Abgrund gezogen werden konnte. Ganz gleich wie intelligent man war. Eine Sucht konnte dich zu abgrundtief dämlichen Taten zwingen und man sollte die Gefahr der fehlenden Kontrolle rechtzeitig erkennen. Mit dieser Moral schloss Lars die Geschichte, welche als Tagebuch begonnen hatte.

Er hatte den Sog des Abgrundes gespürt, war jedoch nicht hinein gefallen und konnte nun andere davor warnen. Lars beschloss seine Geschichte unter einem Pseudonym an einen Verlag zu senden. Ein Problem sah der Sechzehnjährige zunächst in der Einverständnis seiner Mutter, doch sie respektierte die Geheimhaltung des Inhalts. Sie wusste, wie bewandert ihr Sohn in der Literatur war, und dass er nicht irgendwelchen Unsinn dorthin schicken würde. Gespannt wartete Lars die Antwort des Verlages ab und ertappte sich bei dem Gedanken von so viel Erfolg, um Salome für sich zu erobern.


10

Seit Alex seiner Frau von den Plänen mit ihr erzählt hatte, herrschte keine besonders gute Atmosphäre zwischen ihnen. Salome weigerte sich Menschen dazu zu bringen Terroranschläge zu verüben und Alex erwiderte es sei der einzige Weg ihren Erfolg fortzuführen. Andernfalls würden die Chips wahrscheinlich entfernt werden und sie beide mehrere Jahre im Gefängnis verbringen.

An diesem Abend saß Alex im Arbeitszimmer und gönnte sich einen zwanzig Jahre alten Whiskey. Wenn es in seinem Leben eine Sucht gab, war es nicht Sex, denn er war diesbezüglich gesättigt, sondern Alkohol. Als das Glas geleert war, erhielt Alex eine interessante E-Mail eines Freundes und Geschäftspartners, der seine Modekataloge verlegte. Der Verlag dieses Freundes vervielfältigte und verbreitete in erster Linie Sachbücher und Romane und die E-Mail bestand aus der Frage nach Alex' Meinung zu einem Manuskript, dem Hinweis es niemand anderem zu zeigen und dem angehängten Manuskript mit dem Titel "Versext".

Alex las den Text, in dem jemand von seiner Frau fantasierte, Wort für Wort und erkannte den Kunden wieder, von dem Salome erzählt hatte. Bei ihm stoße sie auf Widerstand und er sei nicht wie die anderen. Sie hatte auch von dem Anmachspruch mit dem Herzen erzählt als wollte sie ihren Mann eifersüchtig machen. Als Alex zu einer Stelle kam, die Lars' Angst vor der Besessenheit ausdrückte, musste er so laut lachen, dass er seine Frau im Nebenzimmer weckte. Nachdem er das Manuskript gelesen hatte, beantwortete Alex die E-Mail und verhinderte damit die Veröffentlichung.


Währenddessen lag Salome aufgeweckt im Bett und dachte daran zurück, wie sie sich kennen gelernt hatten. Es war ein Vorstellungsgespräch gewesen. Wahrscheinlich war es Alex' Menschenkenntnis, welche ihn Salomes Krise erkennen ließ, denn er wusste ihre Enttäuschung über das Desinteresse ihres Vaters ökonomisch zu nutzen. Er sprach von einem gut bezahlten Job mit dem Bonus sie bis an ihr Lebensende unwiderstehlich schön zu machen, denn Schönheit liege im Auge des Betrachters. Außerdem schlug er ein persönlicheres Vorstellunggespräch bei sich zu Haus vor.

Etwas später führte Alex Rohrstock die Achtzehnjährige mit einem festen Hieb auf den Hintern in sein Schlafzimmer. Sie wartete begleitet von dem langsam nachlassenden Schmerz, während Alex etwas in seinem Schrank neben der Schlafzimmertür suchte. Er fand die gesuchte Lederpeitsche und befahl Salome sich auszuziehen. Sie leistete Folge und konnte nur hoffen, dass er seine dubiosen Versprechen hielt und nicht allzu perverse Gegenleistungen dafür verlangte. Andererseits hatte der Inhaber dieser Kette viel zu verlieren, wenn er so etwas gegen ihren Willen täte. In Unterwäsche fragte sie unsicher "Alles?" und er nickte.

Herr Rohrstock nahm seinen Blick nicht von ihr, während sie sich vollständig entblößte. Er begutachtete ihre nackten Brüste und nickte erneut. "B***ne auseinander." lautete sein nächster Befehl. Herr Rohrstocks Hand landete zwischen ihren B***nen, sodass sie zusammen zuckte. "Zum nächsten Mal bitte gründlicher rasieren." - "Okay" antwortete sie und genoss die Berührung. Unerwartet d***g sein Mittelf***r in die feuchte Stelle ein, sodass Salome einen Laut von sich gab als wäre sie in kaltes Wasser geschubst worden. "Oh Gott" sagte er "Hab ich ein Glück. Bist du noch Jungfrau?" Sie bejahte in Erregung und er entfernte den Finger.

Die Jungfrau folgte dem nächsten Befehl, indem sie sich umdrehte und vorbeugte. Seine kräftigen Hände spreizten ihre P***n weit auseinander und ließen sie in dieser Position. Salome starrte auf ein Bild über dem Bett, wo sie eine ganze Fußballmannschaft angrinste. Zehn Sekunden der Stille vergingen und sie musste hörbar schlucken. Dann hörte sie den letzten Befehl. Sie kniete vor der Art von Mann, vor der sie gewarnt worden war, und sah zu, wie ihr Chef seine Hose öffnete. Nach kurzer Zeit musste sie den Blow-Job abbrechen, weil sie das Gefühl hatte sich übergeben zu müssen. Danach bekam Esmeraldas Tochter die Peitsche zu spüren.

Als Salome sich an den letzten Teil erinnerte, stellte sie sich einen anderen Mann vor, der den Raum betrat und sie rettete. Doch in Wirklichkeit war es nicht bei der Peitsche geblieben und als sie wieder zu sich gekommen war, hatte sie eine Maschine im Kopf. Von da an konnte sie ihrer eigenen Macht über die Kunden und andere Chip-Sklaven so wenig widerstehen wie ihre Opfer und wurde so gewissermaßen auch von der Maschine gelenkt. Letztlich hatte Alex sein Versprechen gehalten und Salome ihres gebrochen, auch wenn es nicht ihre Schuld war. Es war damals kein Retter gekommen und nun – fünfzehn Jahre später – betrat Alex das Schlafzimmer. Salome tat als schliefe sie, denn er machte ihr große Angst, wenn er angetrunken war.


# 11

Drei Monate nach dem Besuch im Over & Under brachte Lars den Mut auf Anna gegen die noch immer mobbenden Mitschüler zu verteidigen. Lars erzählte ihr von seiner Erfahrung und ihm fiel auf, dass er im Gespräch mit Anna nicht sonderlich nervös war, weil er ihr nicht um jeden Preis gefallen wollte. Beide konnten sie selbst sein und erkannten, dass eine normale Freundschaft gewisse Vorteile gegenüber der angestrebten Ziele der beiden hatte. Obwohl Anna lesbisch war, kam sie Lars zudem auch natürlicher vor als die aufgetarkelte Salome. Es vergingen drei weitere Monate, in denen Anna und Lars gute Freunde wurden.


An einem bewölkten Herbstnachmittag im Jahr 1998 schlenderten die beiden Freunde durch die Fußgängerzone der Kleinstadt. Auf einmal kam Alex aus seinem Laden und warf einen flüchtigen Blick auf Annas verwaschenen Pullover. In Lars sah er lediglich einen Durchschnittsverlierer und sagte: "Frag' deine

Freundin doch mal, ob du ihr einen neuen Pullover kaufen kannst. Wir haben..." Bevor er den Satz beenden konnte, stieg Lars' verdrängte Wut blitzschnell an die Oberfläche, und ohne dass er viel von dem bemerkte, was er tat, brüllte er: "Sag mir nicht, was ich kaufen soll!"

Als würde er einen Hundertmeterlauf aus dem Stand und mit stoßenden Armen starten, brachte Lars den Mann dazu eine erstaunliche Anzahl von Schritten rückwärts zu stolpern, bevor dieser zu Boden fiel. Stolz realisierte Lars, was er getan hatte und wollte dies weiter ausnutzen, doch der Millionär machte sich mit einem Blick der Verwirrung und der Scham davon. Am folgenden Tag würde er derjenige sein, der sich vor Wut nicht unter Kontrolle haben würde. Lars musste Anna nicht erklären, wer der Mann war. Die besten Freunde hatten sich alle Geheimnisse anvertraut.

## 12

Am nächsten Tag fuhr der Schüler erneut den Waldweg zur Innenstadt entlang. Nun blühte der Wald nicht mehr und auch Lars kam sich erwachsener vor. Er hatte gelernt nicht zu hohe Erwartungen zu haben und seine Mutter war sogar enttäuschter über das abgelehnte Manuskript als er selbst. Aber auch nur, weil sie den Inhalt nicht kannte.

In der Fußgängerzone schob er sein Fahrrad über die Stelle seines Triumpfes vom Vortag. Dann hörte er eine wütende Männerstimme. Sie kam vom Parkplatz hinter den Geschäften, der durch einen schmalen Tunnel mit der Fußgängerzone verbunden war. Manche Passanten sahen sich nach der Stimme um. Ein älterer Herr, der mit dem Rücken zu Lars stand, sagte "Was ist da schon wieder los? Hier war gestern schon so ein Krawallmacher. Die Leute werden immer verrückter." Ein anderer scherzte "Lassen sie mich durch. Ich bin schaulustig." und verschwand im Tunnel. Lars folgte ihm, denn da war noch eine zweite Stimme, die Lars bekannt vorkam.


Am Rande einer Reihe von Fahrzeugen hatte sich ein kleiner Auflauf von Schaulustigen angesammelt, die zusahen, wie sich Alex und Salome zwischen zwei Autos stritten und überlegten einzugreifen. Einer von ihnen war Lars. Alex war scheinbar angetrunken und hatte sich nicht mehr im Griff. Salome machte einen defensiven, jedoch unsicheren Eindruck, während ihr Mann brüllte:

- Soll ich dir mal aufzählen, was ich dir alles ermöglicht habe? Muss ich dir erklären, wie du von mir profitiert hast? Und das ist jetzt der Dank?

- Eine Beziehung ist kein Geschäft, Alex. Wenn es dir nicht passt, such dir doch eine andere, die du wie einen Gegenstand behandeln kannst.

- Es wäre auch sinnlos dir irgendwas von Profit zu erzählen. Du nennst dich Geschäftsführerin, aber eigentlich bist du eine Hure mit keiner Ahnung von gar nichts. Dein Vater hätte dich lieber an die Wand spritzen sollen statt in deine Mutter.

- Und du bist nur ein kleiner Säufer, der durch manipul...

Alex' Faust traf ihren Mund so hart, dass sie wie er selbst am Vortag rückwärts stolperte. Hinter ihr legte ein Lieferwagen eine Vollbremsung von ungefähr 25 Stundenkilometern auf null ein, hätte Salome aber dennoch überfahren, wenn Lars sie nicht aufgefangen hätte.

Er half ihr sich aufrecht hinzustellen, wobei sie das Blut ihrer aufgeplatzten Lippe an der Hand betrachtete. Der Fahrer des Lieferwagens stieg aus und bot seine Hilfe an wie auch andere. Nur Alex nutzte dies um in seinen 500PS-Wagen zu gelangen, den Lieferwagen zur Seite schiebend zurückzusetzen und davon zu fahren. Salome rief ihm hinterher: "Ich lass mich scheiden und ich kündige!" Sie lehnte jede Hilfe ab und fälschte sogar die Wahrnehmung der Zuschauer dieser Schmach, sodass niemand die Polizei rief. Einen von ihnen bat sie jedoch zu bleiben. Dieses Mal hatte sie Lars' Wahrnehmung nicht beeinflusst.

## 13

- Danke. Wie kann ich mich für die Rettung meines Lebens revanchieren?

- Das brauchen Sie nicht.

- Aber ich hätte da eine Idee. Kannst du dir vorstellen, warum ich mich mit meinem Mann gestritten habe?

- Ich glaube, das geht mich nichts an.

- Naja, wir haben uns deinetwegen gestritten.

- Was?

- Ja in unserem Arbeitszimmer habe ich ein Manuskript gefunden und ich glaube du hast es geschrieben. Mein Mann hat die Geschichte aus einer E-Mail ausgedruckt und sich beklagt außer ihm solle das niemand sehen. Dabei lag es ganz offensichtlich auf dem Schreibtisch.

- Also damit habe ich jetzt wirklich nicht gerechnet. Ich hoffe Sie haben die Geschichte nicht gelesen.

- Ich fürchte schon, aber ich kann dir im Gegenzug etwas Vergleichbares zeigen.

Sie holte ein paar aneinander geheftete Blätter aus ihrer Handtasche und vervollständigte den Hintergrund des Streits.

- Deine Geschichte hat mich inspiriert also habe ich sie nochmal aus meiner Sicht geschrieben. Mein Mann wurde eifersüchtig und wenn er getrunken hat... du hast es ja selbst gesehen. Tausend Dank nochmal.

- Sie haben gesagt Sie hätten eine Idee sich zu revanchieren...

- Ja, wie wäre es unsere Wünsche wahr werden zu lassen?

Die Frau seiner wildesten Träume gab dem erstaunten Teenager die Blätter, holte ein Schlüsselbund aus der Handtasche und hielt einen der Anhänger vor Lars' Augen. Er war mit *O&U Keller* beschriftet. Bevor Lars ihre Frage beantwortete, blätterte er in ihrer Version und stellte fest, dass sie talentierter war als er gedacht hätte. Sie fügte beiläufig hinzu, dass sie Germanistik studiert hatte, während er las:

"Ich bin verliebt. Ich bin verliebt, denn Begierde ist für mich eine Art der Liebe so wie Attraktivität eine von vielen Arten der Schönheit ist. Der Begehrte ist nicht unattraktiv, doch es war sein Geheimnis, das mich schwach werden ließ. Das Aussehen eines Menschen ist nur die Verkleidung der Seele, aber ich konnte hingegen seine nackte Fantasie sehen. Ich sah sie in Form einer erotischen Geschichte, die er heimlich über mich geschrieben hatte und durch Zufall in meine Hände gelangte. Geschmeichelt und inspiriert beschloss auch ich meine Gedanken zu entblößen und hier kommt das Ergebnis...

...Splitternackt lag ich auf dem Tisch. Das Holz am Rücken und seine Hände in meinen Kniekehlen. Behutsam spreizte er meine Beine wie ein Sporttrainer, der vorsichtig meine Dehnbarkeit testet. Würde er als nächstes eine gewisse Tiefe testen?..."

## 14

In der folgenden Nacht wurde im Over & Under eine andere Art von Musik gespielt. Ähnlich wie das Paarungsritual der Vögel, dem Lars im Wald gelauscht hatte, drückten die Klänge Gefühle zweier Liebender aus. Gefühle, die jede Regel außer Kraft setzten, die versuchte sie an hemmungslosem Sex zu hindern. Es begann leise und sinnlich und er gab den langsam beschleunigenden Takt vor. Mit der Tiefe seiner Stöße stieg die Tonhöhe ihres Stöhnens der Befriedigung. Es war dunkel, doch in den Liebenden ging eine rote Sonne der Erotik auf bis sie in einer gewaltigen Supernova explodierte. Die unermessliche, angestaute Befriedigung wurde frei gesetzt und durchfuhr mit einem schmerzend angenehmen Prickeln die verbundenen Körper.

Nach dem Akt lagen sie Arm in Arm auf ihren Kleidungsstücken. Lars sagte: "Nett von Salome uns den Schlüssel zu geben." Anna antwortete: "Ja, aber sie war dir auch echt 'was schuldig. Komm, wir gehen, bevor der Laden aufmacht." Lars und Anna blieben mehr als zwanzig Jahre zusammen.


Eines Abends traf er in einer Bar der Kleinstadt auf Alex. Der Betrunkene kam auf Lars zu, um ihm eniges zu erklären: Salome hatte sich geweigert die Pläne mit seinem Geschäft zu unterstützen also beschloss er eine neue Geschäftsführerin einzustellen. Es war seine Absicht gewesen Salome zur Kündigung zu bringen und dazu sich in Lars zu verlieben, damit sie sich von ihm trennte. Es hatte nicht genau so funktioniert wie geplant, doch es hatte funktioniert.

Alex sagte ebenso, dass er die Veröffentlichung der Geschichte nicht hatte verhindern wollen, weil er eifersüchtig war. Er sah sie nur als geschäftsschädigend. Lars antwortete, dass Alex' arbeitslose Ex-Frau ihre Version von "Versext" veröffentlicht habe und auf dem Weg war eine erfolgreiche Schriftstellerin zu werden.


## 15

Im Wald zwischen dem Gymnasium und der Kurklinik wohnte eine 53-jährige Schriftstellerin namens Salome Rohrstock. Sie lebte seit fast zwanzig Jahren allein in ihrem geerbten Cottage. Lediglich eine Katze teilte das Häuschen mit ihr. Der letzte Mann, den sie liebte, war ihr Retter, jedoch zu jung für sie gewesen und jetzt war er glücklich verheiratet. Salome war diejenige, die den Kontakt abgebrochen hatte, denn sie konnte nicht mit Lars befreundet sein, während er eine andere liebte. Gerade schnitt sie in ihrem Garten Rosen als ein Schüler den Pfad zu ihrem Haus entlang ging und wieder musste sie an Lars denken.


Sie erhielt nicht oft Besuch. Die Autorin war berühmt genug, um von Fans und Stalkern heimgesucht zu werden, doch dies war ein geeigneter Zufluchtsort. Jedoch rankten sich Gerüchte um das verborgene Haus im Wald und die Bewohnerin. Der Schüler namens Florian, welcher jetzt auf Salomes Anwesen zuging, glaubte daran sie sei die Autorin diverser Bücher, die er gelesen hatte. In den Büchern ging es hauptsächlich um verschiedene Arten von Liebe. Zwischen Mutter und Tochter, Mensch und Haustier oder einer älteren Frau und einem jungen Mann.


Besonders hatte Florian ein Buch beeindruckt, das von einer Frau mit übernatürlichen, sexuellen Kräften handelte. Diese Frau musste sich zu deren Schutz vor Männern verstecken und als sich eines Tages ein Mann in ihr Versteck traute, konnte sie ihn nicht mehr gehen lassen. Das Buch war unter dem Pseudonym S.M.R. für Salome Milf Rohrstock erschienen und Florian war ein echter Fan geworden. Allerdings gab es entscheidende Dinge, die er von dieser Dame nicht wusste.

Die moderne Hexe, welche ihre Macht nutzte, um von den Büchern leben zu können, war die ungewollte Rache ihrer Mutter. Mit ihrer Gedankenkraft hatte sie ihren Vater dazu gebracht ihr das Haus zu vermachen und ihn von einem Gesteuerten ermorden lassen. Auf ähnliche Weise hatte sie auch ihren Ex-Mann getötet. Er war im Krankenhaus wegen einer neuen Technologie gegen Alkoholsucht als sie den gesteuerten Chirurgen dazu lenkte Alex einen der Chips zu implantieren. Durch den Chip terrorisierte sie ihn mit Panik, der kein Alkohol einen Schatten von Abhilfe verschaffen konnte, bis er seinen Wagen gegen einen Brückenpfeiler lenkte und in darin verbrannte. Nach den Morden hatte sie sich vorgenommen von dieser dunklen Gabe keinen Gebrauch mehr zu machen, doch die Versuchung war stark. Florian erreichte ihren Garten und sie fragte: "Kann ich helfen?"

*„Was it good I got to know her well although it made me see*
*That the sun of San Sebastian is way too hot for me?*
*Oo-oo..*
*Now I live my life in shades and I am married to the moon*
*And the sun of San Sebastian is warming someone new"*

*Sonata Arctica - San Sebastian*

# Frau Rohrstocks Arten der Liebe

### 1

Junge Schüler dieser Kleinstadt erzählten sich gelegentlich Gerüchte über das verborgene Haus tief im Wald. Das merkwürdigste der Gerüchte besagte, dass weder das Haus noch die Bewohnerin wirklich existierten sondern Halluzinationen seien, die man bekomme, wenn man ein mysteriöses Buch lese. Hierbei würde man teilweise in eine andere Welt gezogen.

Manche Schüler sagten sie wären den Weg zum angeblichen Domizil der mystischen Frau gegangen und hätten nirgends ein Haus gesehen, doch keiner von ihnen hatte das Buch gelesen. Es war nicht geklärt, wie man auf den Gedanken kam es würde den Leser buchstäblich in die Geschichte hinein ziehen, doch ein Schüler namens Florian würde herausfinden, ob es stimmte. Er begann das Buch zu lesen, sah die Szenarien mit dem Auge seiner Vorstellungskraft, fühlte verschiedene Arten von Liebe und wurde ein Teil der Geschichte von Frau Rohrstock alias S.M.R.

### 2

Die idyllische Behausung war umgeben von Tannen, die sie im Sommer wie im Winter verbargen. Vor Salome Rohrstocks geheimer Residenz befand sich ein Rosengarten und dahinter ein alter Brunnen. Das Haus war nicht sonderlich groß, doch ausreichend für eine Person und eine Katze. Äußerlich war es märchenhaft mit Blumen und Lebkuchenherzen geschmückt.

Innen war es altmodisch, aber gemütlich eingerichtet. Die Bewohnerin heizte ausschließlich mit einem Holzofen und verfügte weder über Strom- noch Wasseranschluss, abgesehen von dem Brunnen und einem nahe gelegenen Fluss. Einmal in der Woche las sie die Zeitung, im Wesentlichen aber las sie Liebesromane. Ihr Beruf war es selbst Romane auf ihrer Schreibmaschine zu verfassen, diese an ihren Verlag zu senden und ihre Macht bei ihren Lesern anzuwenden.

Nachdem Salome ihre Gabe für die Morde an ihrem Ex-Mann und ihrem Vater verwendet hatte, beschloss sie Buße zu tun, indem sie in Bescheidenheit und Enthaltsamkeit lebte. Sie wollte die Macht nie mehr bösartig nutzen, doch die Begleiterscheinungen ihrer unglücklichen Liebe wie Sehnsucht und Eifersucht, verlangten nach der Benutzung ihrer Fähigkeit die Wahrnehmung anderer zu beeinflussen.

An einem frühen Sonntagmorgen tappte sie barfuß und in Unterwäsche zum Brunnen. Routiniert beugte sie sich über den Brunnenrand, um den Eimer heraufzuziehen. Unvorhergesehen sprang ihre Katze Lara auf den steinernen Rand und die Besitzerin erschrak. Sie legte die Hand auf ihr pochendes Herz und allein dadurch musste sie erneut an ihre unglückliche Liebe denken. Die einzige Person, die ihre Liebe auf gleiche Weise erwidert hatte, war ihre Mutter gewesen, doch Salome hatte sich für das Leben mit dem von ihrer Mutter verhassten Alex entschieden und den Kontakt zu ihr abgebrochen. Danach folgte die missglückte Romanze mit Lars. Warum war es nur alles so gekommen? Warum konnte sie statt ihrer dunklen Gabe nicht die Zeit zurück drehen?

"Hey Lara, schön, dass ich dich habe." sagte Salome und nahm eine Hand vom Seil, um das niedliche Geschöpf zu streicheln und sein erfreutes Brummen zu genießen. "Aber das heißt nicht, dass ich Lars nicht mehr haben kann. Rosen haben Dornen und stille Wasser sind tief und schmutzig." Sie blickte in den heraufgezogenen Eimer Wasser wie ein Fischer, der sich über seinen Fang freut und fälschte ihre eigene Wahrnehmung, um darin ihr nächstes Opfer zu sehen. Lars' Freundin Anna.

## 3

Derweil lag die Achtzehnjährige Anna wach neben ihrem Freund, der Sonntags länger schlief. Vor Kurzem waren sie zusammen gezogen und arbeiteten neben ihrem Studium und seinem zweiten Abituranlauf. Sie führten seit zwei Jahren eine harmonische Beziehung mit Gemeinsamkeiten wie Sensibilität und Mitgefühl und Interessen wie lesen und Radtouren. Darüber hinaus nahmen sie einander die Schüchternheit. Die unscheinbare Anna war rothaarig, jedoch mit einem wesentlich helleren Rotton als der Salomes Haars. Auch ihre Haut war blasser, ihr Körper zierlich und einen halben Kopf kleiner als der ihrer Rivalin.

Nun lag Anna in ihrem pinkfarbenen Schlafanzug im Bett und fühlte eine plötzliche Erregung als hätte der Teufel Amors Pfeil gestohlen, vergiftet und auf sie geschossen. Sie sank in ihre verfluchte Vorstellung, wo sie sich in Salomes Keller wiederfand. Anna lag auf dem Boden als wäre sie dort gerade aufgewacht. Vor ihr stand die Konkurrentin in einem ledernen Anzug und einer Stahlkette in der Hand. Ihr Haupt reichte bis knapp unter die niedrige Decke. Die Beherrschende sagte:

- Hallooo, was mach ich denn in deiner Fantasie? Hat dich deine lesbische Ader zu mir geführt?
- Nein, ich bin nicht lesbisch. Ich gehe besser wieder zurück zu meinem Freund. Er würde sich große Sorgen machen, wenn er wüsste, dass ich mir das hier vorstelle.

- Oh wie fürsorglich. Aber er kann dir nicht geben, was ich dir geben kann und du kannst ihm auch nicht geben, was ich ihm geben kann.

- Aber er ist immer nett zu mir und uns verbindet etwas, das nichts in der Welt zerreißen kann. Etwas, das stärker und wichtiger ist als Wollust.

- Wirklich? Ich werde dich aber auch verbinden und zwar mit der Kette hier. Und dann wirst du gefoltert bis du versprichst ihn zu verlassen. Mal sehen, wie stark du wirklich bist.

- Hey, lassen Sie mich los. Was machen Sie da?

- Hoch mit dir! Ich hab dir gesagt, was ich mit dir machen werde. Aber wenn du es genau wissen willst: Zuerst ziehe ich dich aus. Dann fixiere ich deine Hände mit der Kette an der Decke und wenn du nicht still hältst, binde ich auch deine Füße zusammen. Zu Beginn der Folter werde ich dich mit einem Zweig an deinen empfindlichsten Stellen kitzeln. Als nächstes kneifen. Deine Wangen, deine Brustwarzen, dein Po. Und mit meinem werde ich mich später auf dein Ge**cht setzen, dass du nach Atem ringen wirst. Mir fallen genügend Foltermethoden ein. Du hast keine Chance Kleine.


4

Kein Kleidungsstück bedeckte Annas auffallende, fast leuchtend blasse Haut in dem virtuellen Keller, in dessen Mitte sie stand. Ihre Hände waren an einem Haken in der Decke festgekettet und abgeschlossen. Salome stolzierte in einem Halbkreis zur Rückseite ihres Opfers und kam so nah, dass ihre Brüste Annas Schulterblätter berührten. Mit tiefer, erotischer Stimme flüsterte sie in ihr Ohr "Ich kenne alle deine schmutzigen Fantasien und nur ich kann dich so befriedigen. Dich hier und Lars in der Wirklichkeit. Wenn du sagst, was ich hören will, wird es sich für alle Betreffenden auszuzahlen." - "Sie werden uns niemals trennen. Egal, mit welchen Mitteln Sie es ver..." Salomes Hand klatschte laut auf Annas rechte Gesäßhälfte. - "Und ich gestatte dir nicht etwas anderes zu sagen!"

Sie griff in beide Ges***lften und spielte damit, wobei sie schadenfroh und überlegen lachte. Sie schüttelte, tätschelte und krallte mit ihren langen Fingernägeln, die rosafarbene Spuren auf den schützend zusammen gekniffenen P***ken hinterließen. Anna schloss die Augen und verzog ihr Gesicht in Ekstase und vor Schmerz. "Das war nur ein kleiner Vorgeschmack." sagte Salome und begab sich zur Vorderseite des Opfers.

Sie legte den Zweig unter Annas Kinn an und bewegte ihn abwärts "Du bist ja so dünn. Ich könnte dich auch in der Realität besuchen und dich füttern, kochen, verspeisen und Lars ein Foto davon schicken, wie fett du sein kannst." - "Warum sind Sie so gemein?" Der Zweig erreichte Annas feuchte Sch***de. -"Es scheint dir ja zu gefallen, aber..." Salome kam näher "wenn ihr euch trennt..." sie bewegte Annas Beine auseinander, um die Trennung zu veranschaulichen und begann die sensible, feuchte Stelle dazw***hen zu massieren. "werd ich ganz lieb zu dir sein. Ich erfülle all deine Wünsche und..." Sie küsste ihren Hals, ihre Wange, "...du musst sie nicht mal aussprechen." ihren Mund. Dann zauberte Salome etwas hinter ihrem Rücken hervor, das Annas Augen weit öffnen ließ. Es war ein dreißig Zentimeter langer Umschnall***. Am Ende der Vorstellung versprach Anna ihren Freund zu verlassen und sie meinte es ernst.


## 5

"Wie lange schon?" fragte Lars, nachdem der erste Schock überwunden war. - "Seit heute." - "Bist du sicher?" - "Ja und ich werde mich nicht von der neuen Person in meinem Leben trennen." - "Und wie stellst du dir die Zukunft vor?" - "Würdest du mich heiraten?" fragte Anna wenige Minuten, nachdem ihr Schwangerschaftstest zum zweiten Mal positiv angezeigt hatte. Von ihrer Vorstellung hatte sie Lars vorher erzählt, doch jetzt war Salomes Fluch gebrochen.

Anna und Lars hatten auch weiterhin gelegentlich Vorstellungen von anderen Sexpartnern, doch sie brauchten dies als Ventil ihrer Triebe und liebten einander unverändert. Selbst wenn sie sich nicht mehr liebten, würden sie als beste Freunde zusammen bleiben so wie sie begonnen hatten. Sie heirateten noch bevor das Kind kam und auch Salomes Versuch Lars in der Gestalt einer gewissen Désiré in ihren Bann zu ziehen konnte die Familie nicht zerreißen.

Bald folgte das zweite Kind, ebenfalls ein Sohn. In Lars' einsamer Kindheit hatte er sich oft Geschwister gewünscht und als Vater verwies er darauf, dass es auch Nachteile habe Einzelkind zu sein, wenn seine Söhne nicht teilen wollten. Ab und zu stritten sie sich wie Brüder es tun, doch insgesamt wurden die Darwiens eine Vorzeigefamilie. Von Salomes Fluch blieben nur die verblassenden Worte: *Du hast dein Versprechen gebrochen und dafür wirst du büßen!* Der Name des erstgeborenen Sohnes war Florian.


6

Florian sah seinem Vater äußerlich und in seinem Charakter ähnlich, hatte jedoch mehr von Lars' dazu gewonnener Draufgängerseite und einen normalen Freundeskreis. Im Frühjahr 2018 fand der Siebzehnjährige in Salomes Buch eine angenehme Ablenkung von seinen Teenager-Problemen.

In seiner Schule gab es diesen Rowdy namens Dennis, der einen negativen Einfluss auf den Sohn von Lars und Anna gehabt hatte. Er war ein intoleranter, sexistischer Flegel und hatte Florian zum Beispiel zu Mobbing und auch zum Stehlen animiert, doch als ein Mädchen namens Nicole zwischen die beiden geriet, war die zweifelhafte Freundschaft beendet. Dennis war älter und stärker als Florian und es schien sein Lieblingsthema zu sein, wen er aus seinen kleinkriminellen Kreisen zusammentrommeln könnte, wenn sich jemand mit ihm anlegte. Er war eifersüchtig, denn Nicole interessierte sich für Florian. Der allerdings hatte nun jemand anders in Sicht.

Auf dem schmalen, dicht bewachsenen Pfad zum angeblich imaginären Haus von S.M.R. dachte Florian, falls sie dort wohnte, könnte sie kein Auto haben. Er schob den letzten Ast einer Tanne zur Seite und erblickte das idyllische Grundstück. Neben dem Haus stand ein Motorrad und davor arbeitete die Bewohnerin in ihrem Garten.

- Kann ich helfen?
- Ich hab mich nur gefragt, ob hier wirklich jemand wohnt.
- Ja ich brauchte etwas Abgeschiedenheit. Wollte meine Ruhe haben.
- Stimmt es, dass Sie Schriftstellerin sind?
- Wie kommst du darauf?
- Ich habe ein Buch von S.M.R. gelesen und gehört, dass die Autorin hier wohnt.
- Bist du nicht zu jung, um S.M.R. zu lesen?
- Siebzehn. Wollen Sie mich jetzt etwa bestrafen?
- Geh dafür lieber nach Haus. Ich lebe unter anderem hier, um zu vermeiden, dass mir nochmal ein großer Fehler passiert und will nicht von jedem Leser gefunden werden.

- Entschuldigung. Könnte ich nur ein Foto von Ihnen und dem Haus aufnehmen. Sonst glaubt mir niemand, dass ich hier war.
- Nein, geh jetzt.
- Okay. Entschuldigen Sie die Störung. Das Buch hat mich nur beeindruckt und da konnte ich nicht widerstehen hierher zu kommen. Schönen Tag noch.
- Warte. Hast du dich in mich verliebt?
- Vielleicht.
- Dann muss ich dir etwas zeigen.

Gerade wollte er neugierig *Was denn?* fragen. Dann sah er, dass sich ihr Aussehen änderte. Es war als wären seine Augen eine Virtual-Reality-Brille, die einen erschreckenden Spezialeffekt vorführte. Salomes Haut färbte sich giftgrün und wurde von Adern wie Regenwürmern in Schlangengröße am Körper gedehnt. Das Gesicht wurde verrunzelt, die Augen gelb wie die Zähne und ihre Nase wurde lang wie ein Schnabel. Es war nicht so angsteinflößend wie die Gestalt, welche die junge Silvia gesehen hatte, aber weitaus ekelerregender. Quasimodos Großmutter wäre neben diesem Monster eine Schönheit gewesen.

- Ach du Sch\*\*\*. Wie... wie haben Sie das gemacht?
- Das willst du nicht wissen. Geh jetzt. Aber wenn du mal Hilfe brauchst, und ich meine magische Hilfe, dann kannst wiederkommen. Einverstanden?
- Einverstanden.


# 7

Es war Florians kleiner Bruder, der seiner Mutter vom Ausflug seines Bruders erzählte. Daraufhin bat Anna Florian eindringlich nie wieder Salomes Grundstück zu betreten, denn sie habe ihre

Gründe. Er fragte sich, welche Erfahrung seine Mutter mit diesem Monster gehabt haben mochte, doch er selbst war nicht sonderlich verschreckt. Wenn er Salome richtig verstanden hatte, verfügte er jetzt über die Unterstützung einer Hexe und sie schien eine gute Hexe zu sein. Womöglich wollte sie die erwähnten Fehler wieder gut machen.

Am Abend verlangten die Hormone des pubertierenden Knaben wie so oft nach Befriedigung, doch er bekam das Bild der abscheulichen Frauengestalt nicht mehr aus dem Kopf. Er nahm Salomes Buch hervor und schlug das Kapitel *Versext* auf. Auch Florian war kreativ und änderte in Gedanken Details des Textes, um seine emotionale Verwirrung zu lösen:

"Liebes Tagebuch, heute möchte ich dir mal etwas von meinen heimlichen, homosexuellen Fantasien anvertrauen. Da diese Neigung nicht gerade den besten Ruf genießt, würde ich mich leider nicht trauen etwas Derartiges in die Tat umzusetzen. Zum Beispiel ist mir heute ein sehr ansehnlicher, junger Mann beim Einkaufen aufgefallen. Ich habe nur ein paar unauffällige Blicke auf ihn geworfen und bin anschließend nach Haus gegangen, aber dort bin ich regelrecht in meine erotischen Vorstellungen versunken. Ich beschloss diese aufzuschreiben, damit ich mich öfter daran erfreuen kann und hier kommt das Ergebnis... Der Mann stellte sich als ein Ladendetektiv namens Herr Rohrstock heraus und führte mich als verdächtigen Dieb in sein Büro. Dort begann er ein sehr indiskretes Gespräch:

- Du hast wohl gedacht in deinem Intimbereich kann dich keiner kontrollieren was?

- Wovon sprechen Sie bitte?

- Davon, dass du da etwas versteckt hast.

- Ich habe noch nie etwas gestohlen und auch jetzt nicht.

- Das sagen sie alle. H***se runter!

- Ich weiß nicht, worauf Sie hinaus wollen, aber ich bin nicht schwul.

- Ach nein? Wenn du da nichts versteckt hast, freust du dich aber sehr mich zu sehen. Zumindest deine E***n.

- Nein, ich habe nichts geklaut und das ist auch keine...

- Dann beweis' es und ich lass dich gehen. Die Unt***se kannst du erstmal anbehalten.

Ich wollte fragen, ob es wirklich sein musste, aber sein strenger Blick beantwortete die Frage im Voraus. So vorsichtig als wäre es zu kalt dafür öffnete ich meine Jeans und ließ sie bis zu den Knien hinunter. Herr Rohrstock warf einen prüfenden Blick auf meine hellgraue, hautenge Boxershorts, welche die Form eines halb versteiften G***tals zeigte.

- Also du kannst mir nicht erzählen, dass das der normale Zustand ist.

- Zumindest hab ich nichts geklaut.

- Naja, da du nicht ganz ehrlich zu mir warst, gehe ich lieber auf Nummer sicher. Oder willst du mir erzählen, dass es dir nicht gefallen würde?

- Was haben Sie vor?

- Ich werd' mir deine Kehrseite jetzt auch mal genauer ansehen. Umdrehen und Hände auf den Tisch.

Ich gehorchte. Herr Rohrstock nahm den Stuhl und platzierte ihn hinter mir. Dabei sagte er: 'Ich kenne deine Sorte. Andere mobben, um peinliche Geheimnisse zu kompensieren. Aber jetzt ist Schluss damit.' Er setzte sich. 'Geheimnisse sind wie A***löcher. Jeder hat eins, aber sie sind versteckt. Mal sehen, was wir hier haben. Halt still. Ich will dir nur helfen. Vor mir musst du nichts verstecken und du kannst dich vollkommen frei fühlen. Na bitte, alles lupenrein und deine E\*\*\*n lügt auch nicht so wie sie sich anfühlt. Aber wenn du nochmal Schwule diskriminierst, versohl ich dir in der Öffentlichkeit den blanken Hintern. Das wars auch schon. Du kannst dich wieder anziehen.' "

Solche Dinge hatte Florian vorher als ekelerregend empfunden, doch nun konnte ihn dies auf angenehme Weise erregen. Er hatte sich nicht umorientiert wie damals seine Mutter sondern nur vorübergehend aus einer anderen Perspektive gesehen. Anschließend fühlte er sich veranlasst seine neue Meinung zu diesem Thema in einem sozialen Netzwerk mitzuteilen. Florian Darwien schrieb:

"Ich hab gerade über etwas nachgedacht. Wir befinden uns im Jahr 2018 mit rund acht Milliarden Menschen und die Zahl steigt exponentiell. Und alle produzieren Müll, fahren ihre Autos und nutzen begrenzte Resourcen. Ich sehe keinen Grund, warum man Homosexuelle diskriminieren und unterdrücken sollte. Wären mehr davon nicht die Lösung für das Problem der Überbevölkerung? Ohne künstliche Befruchtung meine ich. Was meint ihr?"

Manche Freunde teilten die Meinung, darunter Nicole. Einer kommentierte es liege an Gott und der Natur, man könne schließlich nicht mehr Homosexuelle schaffen und erst recht nicht in dem unnatürlichen Ausmaß, dass es dieses Problem lösen würde. Ein anderer schrieb man plane eine neue Zivilisation auf dem Mars aufzubauen. Dennis fragte, ob Florian schon mal von HIV gehört hatte und bevor man die Menschheit damit verseuche, solle man eher Idioten wie Florian aus dem Weg räumen, um die Bevölkerung zu reduzieren.

Am folgenden Tag konnte Florian sich nicht zurück halten auf dem Schulhof von dem Besuch bei Salome zu erzählen. Ihm wurde nicht geglaubt, doch Nicole schien eifersüchtig zu sein. Dennis' Kommentar hierzu lautete: "Du brauchst dir sowas nicht auszudenken. Es weiß doch jetzt eh jeder, dass du 'ne Schwuchtel bist." Nicole nahm ihren Verehrten in Schutz und Dennis' eigentliches Problem war es, dass Florian nicht schwul war.

Nach der Schule wartete Dennis mit seinen Freunden im Wald auf Florian. Während der Unwissende den Weg entlang ging, lauerten die vier Gangmitglieder mit Clownsmasken vermummt hinter den Bäumen am Wegesrand. Die spottend lachende Fratze auf Dennis' Maske bedeckte das Gesicht, welches Nicole nicht interessiert hatte, doch Florians Visage würde sie nur noch abschrecken, wenn sie mit ihm fertig sein würden. So dachte er und gab seinen Freunden ein Zeichen anzugreifen.

## 8

Während die besorgte Anna darüber nachdachte sich zu Salomes Domizil zu begeben, klopfte ihr Sohn an die Tür ihrer Rivalin. Salome öffnete und wäre fast zurück geschreckt. Dieses Mal hatte sich Florians Aussehen verändert. Seine Lippen waren aufgeplatzt als hätte jemand versucht einen Liter Blut hineinzupumpen. Dahinter fehlten zwei Zähne. Beide Augen waren in Tönen von lila, blau und grün angeschwollen. Der Junge war der Ohnmacht nahe und legte sich langsam auf den Flur.

- Oh Gott. Wer hat dich so zugerichtet?
- Eine Gang.

- Okay keine Sorge. Ich bring' dich ins Krankenhaus.

- Können Sie mich nicht mit ihrer Magie sofort heilen?

- Vielleicht hast du recht. Ich kenne ein gutes Kräutermittel von meiner Mutter. Du bist bald wieder auf den Beinen.

- Bestimmt ist die Gang noch im Wald. Sie waren zu Fuß. Weit können sie nicht gekommen sein.

- Die werden schon nicht ungestraft davon kommen.

Es hätte schwer werden können diese Rowdys auf dem Rechtsweg zu bestrafen, wenn sie selbst die einzigen Zeugen waren. Der Wald war im Jahr 2018 einer der wenigen Plätze, die nicht videoüberwacht waren und man hatte die Gedankenkontrolle durch Gehirnchips abgebrochen, nachdem das System von Salomes Ex-Mann gehackt worden war. Doch die Chips befanden sich noch immer in den Köpfen der Leute und Salome war noch immer in der Lage deren Wahrnehmung durch die Maschine in ihrem Hirn per Gedankenkraft zu beeinflussen. Die moderne Hexe schmiedete einen weiteren Racheplan und schenkte Florian, dem es mittlerweile schon besser ging, ihr geheimnisvolles Lächeln.

Dennis und seine sogenannten Kollegen gingen abseits des Weges und hatten den Wald beinahe verlassen, da hörten sie ein Motorrad hinter sich. Bevor sie sich umdrehten setzten die Gangmitglieder wohlweislich ihre Masken auf. Dann erkannten sie ihr Opfer Florian auf dem Streetfighter. "Wie ist er so schnell wieder auf die Beine gekommen?" fragte Dennis unbeantwortet. Mit einer Vollbremsung, die ein paar Hände voll Morast auf die Schläger spritzte, kam das stählerne Gefährt weniger als einen Schritt vor ihnen zum Stehen. Der angeschlagene Körper stieg ab und stellte sich furchtlos vor die Vier. Hinter einer der Clownsmasken sprach eine unbekannte, agressive Stimme: "Noch nicht genug? Du kannst gerne mehr haben, aber das überlebst du nicht und dieses Mal wirst du deine Eier los." Ein anderer nahm ein Butterfly-Messer hervor und gab seiner Gang ein Zeichen anzugreifen. Der erste fügte hinzu: "Du weißt nicht, mit wem du dich anlegst Schwuchtel." - "Du auch nicht." erwiderte Salome, die deren Wahrnehmung verfälscht hatte, um in ihr das schwache Opfer Florian zu sehen.

Sie schreckten vom Angriff zurück, während sich Florians Gestalt in die überattraktive Verkleidung Salomes verwandelte und damit war es nicht genug. Die Illusion steigerte ihre Intensität, wobei die Frauengestalt in die Höhe wuchs, dass ihre Kleidung zerplatzte. Sie vervielfachte ihre Größe bis die Verhexten glaubten eine Frau so groß wie die Bäume vor sich zu haben und vor Angst und Wollust unbeweglich da standen. Es waren die längsten Beine, die größten Brüste und alles in perfekter Proportion. Und sie sahen sie nicht nur. Salomes gleichermaßen verstärkter, weiblicher Duft allein überwältigte die Verstörten. Und sie hörten ihre Stimme, bei der die Erde zu beben schien, befehlen: "Ausziehen!" Sie fühlten auch die Schmerzen als die Riesin einen nach dem anderen in ihre gigantische Hand nahm und dahin schickte, wo sie her gekommen waren. Dem Bauch einer Frau.

Der Sexist und Anführer der Gang war in dieser kollektiven Halluzination die letzte Beute. Die Riesin ließ ihn zunächst aus der Hand in die Schlucht ihres Dekolletés fallen und presste die überdimensionalen Brüste zusammen. An seinen umher wirbelnden Armen fasste sie den Nackten und zog ihn heraus. Salome sagte: "Ich würde mir mit dir auch noch den A*** abwischen, wenn ich dich nicht noch fressen wollte."

Sie hob ihn über ihren Kopf, ließ ihn langsam hinab auf ihre Zunge und lutschte den Nackten wie einen Lolly, bevor sie ihn in die Dunkelheit schluckte. Dennis und seine gleichgesinnten Freunde glaubten von einer Riesin gefressen worden zu sein, während die Ahnungslosen auf dem Boden vor Salome lagen und nicht einmal ihre Schreie echt waren. Sie waren gefangen in diesem finsteren Wachtraum wie in dem Kerker einer Königin. Für immer.

9

In weißer Bluse und heller Jeans war Anna auf dem Pfad zu Salomes Anwesen unterwegs und rief den Namen ihres Erstgeborenen. Mit suchendem wie verwundertem Blick, schob sie den letzten Ast zur Seite. Anna sah sich auf dem fabulösen Grundstück um und kam sich vor wie in einem mystischen Märchen. Sie passierte einen Rosengarten auf dem Weg zu einem Lebkuchenhaus mit einer schwarzen Katze auf der Veranda. An der Tür holte sie zum Klopfen aus, hielt jedoch inne, weil sie Salomes Stimme hörte:

"Keine Angst. Deine Mutter wird deine Wunden nicht sehen können. Dafür sorge ich." Die Worte waren wie ein Stich in Annas Herz und sie konnte nur hoffen, dass es nicht Florian war, mit dem Salome redete. Die Mutter klopfte laut an der Tür und das Geräusch nahender Stiefel bereitete sie darauf vor ihre Feindin zu treffen. Die Tür schwang auf und zeigte Salome in dem gleichen Motorradanzug aus ihrer verhexten Vorstellung. Einen Moment stockte Anna, dann sagte sie "Hallo, haben Sie zufällig meinen Sohn gesehen?"- "Sie sind doch..." - "Mama?" fragte Florian und betrat den Flur. Seine Mutter konnte die Wunden sehr wohl sehen.

"Oh mein Gott! Was haben Sie getan?" Voller Wut und Entsetzen schnellte Anna auf Salome zu und versuchte sie zu würgen, doch diese griff die zierlichen Hände der Mutter und sagte zu Florian: "Tut mir leid. Ich konnte ihre Sinne nicht so schnell täuschen. Lass mich kurz mit ihr reden." Sie zog Anna Darwien durch die Kellertür und verschloss diese rasch von innen. Anna strampelte wie wild und trommelte auf Salomes Rücken, während die weit Überlegene sie über der Schulter die Kellertreppe hinunter trug. Unten wurde Anna zu Boden geworfen und mit einem der schwarzen Stiefel auf der Brust dort gehalten. "Jetzt beruhigen Sie sich bitte!" forderte Salome.

Anna beruhigte sich ganz und gar nicht sondern versuchte die Feindin zu treten. Diese ließ den Stiefel von ihr ab, jedoch nur um die hellroten Haare zu fassen als Anna sich aufrichtete. Ihr Kopf wurde in den Nacken gezogen, ihr weit geöffneter Mund brachte ein ersticktes "Ah" hervor und eine Träne floss die blasse Wange herab. Salome fragte:

- Hörst du mir jetzt zu?

- Ja.

- Und du greifst mich nicht nochmal an, wenn ich loslasse?

- Nein.

- Also gut. Ich habe Ihrem Sohn nichts angetan sondern ihm geholfen. Er wurde im Wald von einer Gang zusammen geschlagen und ist danach zu mir gekommen. Ich kann mir vorstellen, wie schwer das für sie ist und es tut mir leid, dass ich in dieser Situation so grob zu Ihnen war, aber ich wusste nicht, wie ich auf ihren Wutausbruch reagieren sollte.

- Und welchen Grund hat eine Gang in dieser Stadt Florian so zu verunstalten?

- Ich glaube es ging um ein Mädchen.

- Aha und wie haben Sie ihm geholfen?

- Mit Medizin.

- Wissen Sie, was ich glaube?

- Ja, aber sagen Sie es mir ruhig.

- Sie sind eine Hexe.

- Vielleicht bin ich das.

- Und Sie haben meinen Sohn nur als Köder benutzt, um mich in ihren verfluchten Keller zu locken. Hab ich recht?

- Okay, Sie haben mich erwischt. Ich konnte nicht anders. Sie wissen doch selbst, wie schwer es ist dieser Macht zu widerstehen. Ja, ich habe Ihren Sohn benutzt, um Sie zu locken und ich nutze Sie und Ihren Sohn, um Ihren Mann zu locken. Ihn werde ich hier gefangen halten.

- Sie gottverdammte Hexe! Er wird Sie niemals lieben. Ihre Bösartigkeit kann das auch nicht ändern und ich werde nicht zulassen, dass sie ihn auch nur anfassen.

- Ach nein? Ich fürchte, wenn er hier eintrifft, wirst du schon tot sein. Genieß die Zeit bis dahin. Ich könnte dich befriedigen, sodass dir alles andere egal wird, sogar deine Familie.


10

Salome legte ihre Lederjacke ab und präsentierte ihre pracht-vollen Brüste in einem Korsett. Anna schüttelte widerstrebend den Kopf. Sie entkam ein paar Schritte rückwärts, doch ihr Fuß stieß gegen etwas, das vorher nicht da gewesen war. Es war ein Kessel so groß, dass ein Mensch darin gekocht werden könnte. Einen Ausweg suchend entdeckte Anna erst jetzt die Folterin-strumente an den Wänden und den Käfig in der Ecke. "Ergib dich deiner Lust Kleine." sagte die Hexe, nahm den D***o aus Annas Fantasie hervor und schwang ihn verführerisch herum wie einen Zauberstab. Sie spitzte den Mund und versuchte Anna zu küssen, doch wurde stattdessen ins Gesicht geschlagen. Unter blutigen Lippen und wütendem Blick hielt sie den Stab nun wie eine Waffe.

- Na gut, mach dich bereit für die harte Tour. Und zwar härter als jeder Mann sein könnte. Ich werde dir alle L***cher stopfen und durch***n bis du so hoch schreist wie eine Fledermaus.

- Warte! Bist du sicher, dass du Lars willst? Es gibt da etwas, dass du bedenken solltest.

Jemand klopfte an die Kellertür. "Alles in Ordnung Mama?" - "Ja Florian, wir unterhalten uns nur friedlich. Ruh dich ein bisschen aus." - "Okay". Selbstbewusster führte Anna ihr Argument fort.

- Eine Frage: Wie bist du an das Haus hier gekommen?

- Ich hab' es von meinem Vater geerbt. Was geht dich das an?

- Naja ich weiß, dass es hier mal einen reichen Mann mit einer Menge Immobilien gegeben hat. Und bevor er gestorben ist, hat er eines seiner Häuser einer Frau vermacht, die seiner Familie unbekannt war. Zuerst dachten sie es handele sich um eine heimliche Geliebte, aber es stellte sich heraus, dass sie eine heimliche Tochter war. Du warst diese Frau. Das weiß ich, weil ich diese Familie gut kenne. Der reiche Mann war nämlich auch Lars' Vater und du bist seine Halbschwester.

- Du willst doch nur Zeit schinden bis Lars kommt. Aber ich fürchte du hast recht. Lars und mich verbindet mehr als ich mir wünschen würde. Andererseits habe ich es immer gehasst Einzelkind zu sein.

- Genau wie er.

- Es ist wohl zu spät sich einfach zu vertragen was?

Wieder klopfte es an der Tür und Florian meldete sich "Seid ihr jetzt fertig? Papa ist hier." Ohne zu zögern nahm Salome ihre Jacke, rannte die Stufen hinauf und öffnete die Tür. Da stand er nun neben seinem Sohn und Salome vergaß ihren blutigen Mund sowie Florians sichtbare Verletzungen als sie sagte: "Lars Darwien, oh wie ich dich vermisst habe. Ich liebe dich immer noch, aber jetzt auf eine andere Art. Entschuldige, dass ich den Kontakt abgebrochen habe. Ich wollte nur, dass du mit Anna glücklich wirst." Anna rief aus dem Keller: "Glaub ihr kein Wort. Sie wollte mich hier unten umbringen." Florians geschwollene Augen öffneten sich vor Schreck.

Lars antwortete: "Du kannst uns nicht reinlegen und wir kennen deine Absichten. Du könntest deine Kraft nutzen, um die Welt zu verbessern, aber was tust du? Du nutzt sie für Besessenheit und Morde. Nicht mehr mit uns. Ich will dich nie wieder sehen!" Mit zurückgehaltenen Tränen in den Augen dachte sie einen Moment nach. Dann erwiderte Salome: "Die Welt muss nicht verbessert werden. Das ist eine Frage der Wahrnehmung. Die Welt an sich ist neutral, aber wenn du sie negativ siehst, kann ich dich anscheinend doch reinlegen. Ich könnte dich davon befreien, aber wenn du deine Schwester ablehnst, ist das deine Entscheidung. Ich verschwinde von hier. Du kannst das Haus haben, wenn du willst." Sie schob sich an ihm vorbei und nahm ihren schwarzen Mantel. An der Tür drehte sie sich noch einmal um und ergänzte: "Aber du wirst mich wiedersehen."

Lars, Anna und Florian, der später ein Liebespaar mit Nicole bilden würde, sahen zu, wie die Frau im düsteren Mantel zwischen den Bäumen verschwand. Darüber glomm ein roter Sonnenuntergang. Salome Rohrstock fuhr zurück nach ins

Baskenland, um Deutschlehrerin zu werden und sich mit ihrer Mutter zu vertragen solange diese noch lebte.

Die Darwiens wussten nicht, dass das Haus irreal war wie der Rest dieser Geschichte. In meinem Buch bewegten sie sich in verschiedenen Ebenen der Fiktion, doch sie waren nur Figuren eines Romans und taten ausschließlich, was ich wollte. Auch wenn es stellenweise anders wirken mochte, behielt ich zu jeder Zeit die totale Dominanz. Ich selbst spielte eine Rolle in meinem Buch, aber die anderen spielten sie nicht sondern waren diese Rollen. Die Geschichte ist noch nicht beendet, doch ich lasse eine der anderen Rollen den Rest erzählen.

*"He's a Catholic, a Hindu, an Atheist, a Jain,*
*A Buddhist and a Baptist and a Jew.*
*And he knows he shouldn't kill,*
*And he knows he always will,*
*Kill you for me my friend and me for you."*

*Donovan - Universal soldier*

# Der heilige Frieden

## 1

Mein Name ist Lars Darwien und ich habe etwas zu erzählen. Möglicherweise sind meine Kurzgeschichte und ich verrückt, aber entscheiden Sie selbst, was Sie von diesem letzten Puzzleteil halten. Es geht um verschiedene Perspektiven, Weltanschauungen, Krieg und Frieden. Aus Ihrer Perspektive bin ich eine fiktive Figur in einem Roman und die Rolle eines weiterentwickelten Menschen in einem Zukunftsszenario. Ein Überlebender des dritten Weltkrieges, jedoch nicht weil ich der Stärkere war.

Ich war ein *besorgter Bürger* wie man seinerzeit in Bezug auf Einwanderung und I***ung zu sagen pflegte. Meine damalige Einstellung würde ich nicht als tolerant bezeichnen, aber ich hatte verständliche Gründe hierfür und meine Sorgen wurden immer wieder bestätigt. Dennoch bekam ich einen bereichernden Sinneswandel und so erfuhr ich schließlich wahren Frieden.

## 2

Überlebt habe ich aufgrund eines Verstecks, aber bevor ich dazu komme, lassen Sie mich mehr über meinen Hintergrund erzählen. Ich komme aus einer fiktiven Kleinstadt namens Westheim in der Nähe von Hannover. Mein Vater Roland Darwien war für zwölf Jahre als Zeitsoldat tätig, bevor er erfolgreicher Unternehmer wurde. Er begann mit einem Waffengeschäft. Es folgte ein

Sicherheitsdienst und letztlich Immobilien. Für mich stand er für Sicherheit, doch meine Eltern trennten sich, sodass ich bei meiner Mutter aufwuchs, die mich zum Pazifisten erzog.

Lange Zeit hatte ich mich für ein Einzelkind gehalten, als Erwachsener erfuhr ich jedoch von meiner ausländischen Halbschwester. Darüber hinaus gab es einige große Einschnitte in meinem Leben. Der erste ereignete sich in der Grundschule und beeinflusste meine Sicht auf Einwanderer.

In diesem Vorort der Landeshauptstadt besuchte ich eine multikulturelle Schule, wobei ich es nicht gerne *multi*kulturell nannte, da fast alle Ausländer M*** waren. Davon die meisten T***. Ich war ein stiller Nerd unter Machos und wurde nicht gerade respektiert. Die Deutschen in meiner Klasse machten sich darüber lustig, dass meine Eltern sich getrennt hatten. Die Ausländer darüber, dass mein Großvater ein Nazi war. Nicht selten geriet ich in Schulhofrangeleien und bei einer davon verlor ich beinahe mein linkes Auge. Ein Schläger verfolgte mich durch das Gebüsch am Rande des Schulhofes als ein Ast in mein Auge stach. Es dauerte Wochen bis ich wieder zur Schule gehen konnte und die Sicht durch das linke Auge blieb beeinträchtigt wie meine Sicht auf Einwanderer, denn der Schläger stammte aus der T***.

Nach dem Unfall zog ich zu meinem Vater mit dem Ziel eine regelrechte Kampfmaschine zu werden. Er brachte mir Selbstverteidigung bei und ich fühlte mich wie in einem der Kampfsportfilme, die ich mir ansah, um mich zu motivieren. Vielleicht wäre meine Geschichte auch so ausgegangen wie solche Filme und ich hätte meinen Vater sehr stolz gemacht, wenn nicht das zweite einschneidende Erlebnis gewesen wäre. Sein Tod. Von da an nahmen psychische Probleme die Zeit des Selbstverteidigung-Trainings ein.

# 3

Es war früh am Morgen und noch dunkel. Ich befand mich in meinem neuen, kampflustig eingerichteten Zimmer im Haus meines Vaters. Mein Fenster war geöffnet und wahrscheinlich wurde ich deshalb wach und hörte den Eindringling an der Hintertür eine Etage tiefer. Entgegen meiner kindlichen Angst nahm ich den Kinder-Baseballschläger aus der Ecke und schlich die Treppe hinunter.

In der Dunkelheit verfehlte mein Fuß eine Stufe, sodass ich so laut wie schmerzhaft die Treppe hinunter stürzte. Der Baseball-schläger fiel klirrend in einen Spiegel und ich selbst wurde unter einem zentnerschweren Bücherregal begraben. Der Einbrecher näherte sich mir, doch wurde zurückgehalten. Er wurde von etwas vertrieben, das den Einzelheiten angehörte, die ich vergaß oder verdrängte.

Stundenlang war ich mit meinen Schmerzen unter dem Regal gefangen. Erst weinte ich. Dann las ich eines der Bücher, was mich sogar ablenken konnte, und schließlich gelang es mir mich zu befreien. Ich hörte das Schnarchen meines Vaters und wunderte mich, warum ihn der Lärm nicht aufgeweckt hatte. Mit meiner Waffe begab ich mich zu seinem Zimmer, öffnete die Tür und dort stoppte mich der Anblick seines Schaum unterlaufenen Mundes. Ich weiß nicht, welches Gift ihm der Einbrecher verabreicht hatte, aber es war nicht genug, um ihn zu töten. Anscheinend hatte mein Sturz ihn an diesem Tag gerettet. Doch der Einbrecher kam zurück und vollendete den Mord. Wo ich mich zur Zeit des zweiten, unerwünschten Besuchs befand, gehört ebenfalls zu den verdrängten Dingen.

Die psychischen Probleme waren zunächst Alpträume davon in einer dunklen Höhle gefangen zu sein. Verfolgungswahn und Panikattacken. Ich fühlte mich schutzlos und suchte nach Sicherheit. Auch auf religiöser Ebene. Das Christentum konnte mich allerdings nicht überzeugen, obwohl ich manche Lehren von Jesus sehr weise fand. Man konnte mir aber selbst als Kind nicht weismachen, dass die Welt an sieben Tagen erschaffen worden war, Eva aus Adams Rippe, dass eine sprechende Schlange das Unheil der Menschheit auslöste und so fort. Und wenn Gott gut und allmächtig war, warum ließ er dann das ganze Elend zu?

Darüber hinaus war mir bewusst, dass Religionen für Kriege benutzt und ausgelegt worden waren. Die Kreuzzüge lagen zwar weit zurück, doch während ich nach religiösem Schutz suchte, verstärkte die z***größte Religion der Welt meine Angst umso mehr in Form von Extremisten.


4

Ende 2020 folgte das mit Abstand schlimmste der einschneidenden Erlebnisse. Es häuften sich Anschläge einer extremistischen Terror-Organisation. Sie nannten sich "Gottesstaat" oder GS und planten alle Andersgläubigen zu töten und die Welt zu erobern, um sie nach ihren Vorstellungen zu regieren. Es gab Ähnlichkeiten mit dem Zweiten Weltkrieg, denn sie sprachen beispielsweise auch von einem tausendjährigen Reich. In meiner Lieblingsstadt Paris war es, wo meine Frau bei einer dieser Attacken vor meinen Augen brutal enthauptet wurde. Darüber hinaus fielen beide meiner Söhne später als Soldaten im Weltkrieg gegen den selbsternannten Gottesstaat.

Es war eine wirksame Strategie des GS unsere Gesellschaft zu spalten und gegeneinander aufzuhetzen. Auch mit mir hatte es funktioniert. Natürlich fühlte ich mich niedergeschmettert und empfand mehr als nur Hass, aber ich wurde nicht gewalttätig Unschuldigen gegenüber so wie es andere meiner Landsleute taten, für die ich mich schämte. Sie verbrannten Flüchtlings- heime, verprügelten Passanten aufgrund ihres Aussehens und verübten selbst Terroranschläge. Auch Politiker hatten unmen- schliche und rassistische Lösungsvorschläge, die ich nicht unterstützen konnte. Manchmal aber wünschte ich mir man würde alle Gewaltbereiten beider Seiten zum Mond schießen, sodass sie sich gegenseitig terrorisieren konnten, bevor sie er- stickten. Doch dieser Krieg fand auf der Erde statt. In allen Formen des Krieges.

Auch ich hatte zeitwillig den Gedanken zum Militär zu gehen, um gegen eine Weltherrschaft des GS zu kämpfen, doch ich war aufgrund meiner psychischen Labilität ausgemustert worden. Stattdessen versteckte ich mich in einem Landhaus, das meine Halbschwester mir geschenkt hatte. Es befand sich in einem Wald am Rande von Westheim zwischen einer Schule und einer Kurklinik. Dort musste ich wieder an meinen Vater denken. Gab es eine Verbindung zwischen dem Mord und dem Krieg? Möglicherweise war der Mörder ein Anhänger des frühen GS, der sich mit westlichen Waffen aufbaute. Ich sollte es bald herausfinden.


5

Früher war ich in diesem Wald auf dem Schulweg in meine Träumerei geflohen. Besonders nach dem Tod meines Vaters versuchte ich in einer besseren Fantasiewelt zu leben. Ich entwickelte eine andere Hälfte von mir namens Chris, dann Chris'

Freundin Silvia und andere imaginäre Freunde. All diese Erinnerungen kamen nun zurück.

Das nostalgische Haus war immer noch ein geeigneter Zufluchtsort von der modernen Zivilisation und ich versuchte mich als Selbstversorger, was besser funktionierte als erwartet. Ich baute Gemüse an, angelte an einem nahe gelegenen Fluss und ernährte mich gelegentlich von Supermarktabfällen. In diesem alternativen Lebensstil entwickelte ich eine neue Einstellung zu Sicherheit und Schutz. Mir wurde klar, dass es niemanden gab, den man anzeigen konnte, wenn man von einem wilden Tier angegriffen wurde und das gleiche galt in diesem Krieg. Man konnte sich nicht auf Schutz von anderen verlassen. Kein Polizist, Geheimdienst, Politiker oder Gott hatte die geschehenen Anschläge verhindert und meine Familie war tot. Ich akzeptierte die Möglichkeit, dass es keinen Gott oder Leben nach dem Tod gab. Mich als alten Wissenschaftler musste man mit mehr überzeugen als einfach etwas zu glauben. Einfach zu glauben war auch das, was die GS-Krieger taten.

Mein alternativer Lebensstil war eine bereichernde Erfahrung, doch was mir fehlte waren soziale Kontakte. Ab und zu kamen Patienten der Kurklinik, die im Wald spazierten, zu meinem Anwesen, jedoch nie mehr als einer pro Woche. Sie zeigten Interesse daran, wie ich lebte und hatten selbst ebenfalls interessante Dinge zu erzählen. Besonders eindrucksvoll fand ich die Diskussion mit einem Atheisten über Religion.

Sein Name war Andreas. Er kam ursprünglich aus Westheim, war später nach Hannover gezogen, um Psychotherapeut zu werden und nun war der wie ich auf die Vierzig Zugehende zurück, um sein Rheuma in der Klinik behandeln zu lassen. Andreas fragte, ob ich in meinem Aussteigerleben schon vom Krieg gehört hatte und ich entgegnete dies sei der Grund für meinen Ausstieg. Er erzählte von den letzen Anschlägen und was Religion mit Menschen anstellen konnte. Der Psychotherapeut erklärte es als wäre er bei der Arbeit:

- Egal, was du glaubst oder nicht glaubst, du kannst genug Bestätigungen dafür finden, dass es die einzige Wahrheit ist, denn der Verstand erzeugt unbemerkt Illusionen, damit man nicht enttäuscht ist. Bist du religiös?

- Nicht wirklich, aber manche Verse in der Bibel finde ich interessant.

- Was denn zum Beispiel?

- Ich kenn' mich damit nicht so gut aus, dass ich den genauen Wortlaut weiß, aber es geht darum, dass man nicht nur denen etwas geben soll, von denen man etwas im Gegenzug bekommt und dass man nicht nur die lieben soll, von denen man geliebt wird sondern sogar seine Feinde.

- Mag ja weise sein, aber das macht es noch lange nicht heilig. Es gibt dutzende Religionen und Weltanschauungen, die behaupten die einzige Wahrheit zu kennen, aber sie können nicht alle recht haben und keine von denen kann irgendetwas davon beweisen. Korrigier mich ruhig, falls ich mich irre.

- Nein, das sehe ich auch so. Vielleicht bist du ja die Bestätigung, die mein Verstand sucht.

- Kann schon sein. Für mich ist Religion nur ein Resultat aus Unzufriedenheit. Dir gefällt die Realität nicht also fängst du an zu hoffen und zu glauben. Dir gefällt dein Leben und die ungerechte Welt nicht, also glaubst du an ein besseres Leben nach dem Tod für die Guten und ein schlechteres für die, die du hasst. Gläubige können mich nicht überzeugen und ich die auch nicht. Sie sehen nur, was sie sehen wollen und wahrscheinlich ist es das Gleiche bei mir.

- Ja es ist wohl eine Frage der Perspektive. Wenn man hier fünf Leute zu dem Thema fragt, bekommt man womöglich vier verschiedene Meinungen. Und ich habe auch meine eigene. Für mich ist Religion, wie ein Aberglaube, der eine einfache Erklärung hat. Oder nicht einfach, aber wissenschaftlich.

- Ich kann dir da ein Beispiel von einem Aberglauben erzählen, der sich aufgeklärt hat. Ist eine spannende Geschichte, aber auch erschreckend.

Er begann zu erzählen und "erschreckend" fand ich noch weit untertrieben.

<br>

# 6

"Bestimmt hat jedes Dorf eine solche Spukgeschichte, und wenn du von hier und in meinem Alter bist, kennst du diese vielleicht, aber niemand kann sie so erzählen wie ich. Es war vor ungefähr dreißig Jahren, vielleicht etwas mehr. "Todesuhr" wurde das Phänomen genannt, das sich hier abspielte. Dabei handelte es sich um ein mysteriöses Ticken in der Wand, das immer auftreten sollte, kurz bevor jemand im Dorf starb. Es klang nicht wirklich wie das Ticken einer Uhr sondern mehr wie ein Herzschlag im Stethoskop. Ich hatte es in unserer Wand gehört und auch die Nachbarn meinten es in ihren Wänden zu hören, aber heute bin ich mir sicher, dass sie sich nur wichtig tun wollten. Du wirst schon sehen, warum.

Es begann damit, dass ein Kind entführt wurde. Ganz Westheim war erschüttert und fragte sich, ob es noch am Leben war. Das Ticken startete und kurz darauf wurde der Hund des vermissten Jungen tot gefunden. Am nächsten Tag fing es wieder an zu ticken und kurz darauf wurde der Onkel des Kindes ermordet gefunden. Nicht viel später ertönte die Todesuhr ein drittes Mal und das nächste Todesopfer war der Vater des Jungen.

Wir befürchteten, dass die Mutter die Nächste sein würde, doch es kam anders als ich das Ticken erneut hörte. An der Wand befand sich tatsächlich eine alte Pendeluhr, aber sie funktionierte nicht mehr und das Geräusch kam von einer Stelle daneben. Manchmal schien es auch von anderen Stellen zu kommen. Dieses Mal wurde es begleitet von einem weiteren unheimlichen Geräusch, das sich wie das Keuchen eines Geistes anhörte. Ich habe meinen Vater gerufen als wäre der Teufel hinter mir her. Er kam und hörte das Gleiche. Das Geräusch schien aus der Uhr zu kommen, aber das war natürlich unmöglich. Mein Vater ging auf die in unserem Keller verstaute Uhr zu und kippte sie zur Seite. Dahinter kam ein Loch in der Wand zum Vorschein, von wo ein faustdicker Schlauch nach draußen führte.

Um es kurz zu machen, wir haben den vermissten Jungen aus unserem Garten gegraben. Er war in einer Kiste zusammen mit vielleicht zehn Litern Urin in Flaschen, die vorher mit Wasser gefüllt waren. Es war das Furchtbarste, was ich je gesehen habe. Der abgemagerte Junge sagte der Entführer hätte ihm gedroht, wenn er auch nur in irgendeiner Weise Aufmerksamkeit erregte, würden alle, die er lieb hatte, sterben. Das Ticken war das unauffällige Klopfen des Jungen und der Grund für die Morde. Der Verdacht war auf meinen Vater gelenkt worden, doch der Mörder hatte den Fehler gemacht Fingerabdrücke zu hinterlassen. Als er gefasst wurde, meinte er eine Stimme in seinem Kopf habe ihn dazu gezwungen."

Andreas sah mich ernst an und beendete die Geschichte. "Nach dreißig Jahren Gefängnis ist er wieder frei gekommen. Und dieser Mörder war ich. Entschuldigung! War ein schlechter Scherz. Der Mörder war unser Nachbar. Er ist in der Klapsmühle und kommt da auch nicht mehr raus."

Es gab anscheinend keine Verbindung zwischen dem Mord meines Vaters und dem Krieg, aber das schockierende an Andreas' Geschichte war für mich die Erkenntnis, dass ich der lebendig begrabene Junge war. Ich hatte es verdrängt genau wie den Schäferhund, den mein Vater mir nach meinem Unfall geschenkt hatte und der den Einbrecher vertrieben hatte. Nun wusste ich, warum ich Alpträume von einer dunklen Höhle hatte, und warum mir ein RFID-Chip gegen Kidnapping implantiert worden war. Es könnte nur Paranoia sein, doch ich hatte das Gefühl, dass die Kontrolle des Chips in falsche Hände geraten war, um mich zu quälen. Ich glaubte man habe mich hierfür ausgesucht, weil mir als Paranoiden niemand glauben würde.

Jedenfalls war das Gespräch mit Andreas sehr eindrucksvoll. Er sagte in dem Bistro der Klinik unterhalte er sich oft mit anderen Patienten über den Krieg, Religion und Ähnliches und ich könne ja mal vorbei kommen, um andere Meinungen zu hören. Ich sagte zu und war überzeugt noch mehr interessante Dinge zu erfahren.

## 7

Im Bistro saß ich an einem runden Tisch mit drei Patienten und dem Pächter dieser Verkaufsstelle. Er war ein vollschlanker, freundlicher Mann Mitte vierzig und stellte sich als Martin vor. Neben ihm saß eine Muslima namens Aida, die ebenfalls wegen Rheuma dort war. Neben Aida und mir auf der anderen Seite saß eine Patientin namens Sophie, die wegen der Nebenwirkungen ihrer Psychopharmaka dort behandelt wurde. Zu meiner Linken saß Andreas, der mich als Aussteiger vorgestellt hatte. Er erzählte von unserer Diskussion und so wurde diese mit drei neuen Standpunkten fortgeführt.

Aida sagte: Freut mich dich kennen zu lernen Lars. Ich fühle mich hier auch sicherer als in der Großstadt. Ach und ob du es glaubst oder nicht, in meinem Glauben geht es um Frieden und ich kann dir garantieren, dass ich nichts mit Extremisten zu tun habe.

Martin: Also ich habe den Koran gelesen und fand ihn ehrlich gesagt nicht so friedlich, aber vielleicht will ich das auch nur so sehen. Was zählt, ist das menschliche in einer Religion und das macht es zu einer guten Sache, die uns verbindet. Ich bin zwar Christ, aber wenn ich in der Türkei geboren wäre, dann wär ich jetzt vielleicht auch Muslim oder in Indien, Hindu...

Andreas: Oder im GS, Terrorist.

Martin: Eben nicht. Ich rede von dem menschlichen Aspekt. Wir alle hier sind friedlich und das unterscheidet uns vom GS.

Andreas: Aber du hast dich nicht hingesetzt und dich gefragt, was die richtige Religion ist, bevor du Christ wurdest, sondern du wurdest von deinem Umfeld beeinflusst so ähnlich wie die hirngewaschenen GS-Krieger.

Martin: Das kannst du nicht vergleichen. Wir tun niemandem etwas an. Außerdem glauben mehr als eine Milliarde andere, was ich glaube und von denen sind viele schlauer als du.

Ich: Es haben auch viele schlaue Leute geglaubt, dass die Erde eine Scheibe ist.

Martin: Für mich ist es einfach klar, dass die Welt nicht aus dem Nichts entstanden sein kann. Also ich werde weiterhin an Gott glauben und ihr an nichts, aber wichtig ist doch, dass wir miteinander auskommen. Ich glaube dafür muss man versuchen sich in die andere Person und ihre Sicht hineinzuversetzen.

Aida: Amen Bruder.

Ich: Also Martin ist Christ. Andreas und ich Atheisten, Aida Muslima und was ist mit dir? Ich bin jetzt schon von deren

Argumenten verwirrt, aber du kannst die Verwirrung komplett machen.

Sophie: Ich hatte meine eigene Religion, doch die wurde eher als Wahnvorstellung angesehen. Anscheinend braucht man genug Anhänger, damit aus einer Wahnvorstellung eine Religion wird, aber Spaß beiseite. Ich hatte wirklich psychische Probleme und Verwirrung kenne ich auch zur Genüge. Aber am Ende habe ich etwas für mich gefunden, das mir hierbei sehr hilft. Meditation. Du schaltest den Verstand für eine Weile ab, lässt ihn ausruhen und anschließend funktioniert er umso besser. Du denkst klarer, bist mehr bei der Sache und nicht abgelenkt von unnützen Gedanken.

Ich: Und wie muss man sich diesen Zustand der Meditation vorstellen?

Sophie: Im meditativen Zustand bist du frei von allen Problemen, weil sie vom Verstand produziert werden. Schmerz zum Beispiel ist nur deshalb schlecht, weil das Gehirn es dir sagt. Jede Information wird vom Verstand erzeugt. Wir sind eigentlich gar nicht hier. Wenn du willst, kann ich dir Meditation beibringen. Dein Domizil ist der perfekte Ort dafür und in diesem Krieg könnten wir alle Zuflucht in eine andere Dimension gebrauchen.

Am folgenden Tag trafen wir fünf uns bei mir und hier wird meine Geschichte übernatürlich, aber wie gesagt könnte ich auch einfach verrückt sein.

## 8

An jenem Sommerabend zeigte Andreas den anderen, wo ich wohnte. Er brachte eine Flasche Wein, Aida orientalischen Tee, Martin Kerzen und Sophie eines ihrer spirituellen Bücher. Nachdem sie sich beeindruckt umgesehen hatten, erklärte Sophie ihre Meditation. Sie sagte zuerst müsse man so schamlos wie möglich ausrasten und sich dabei verausgaben, um danach mit entrümpeltem Kopf besser zur Ruhe zu kommen. Dies erwies sich für einander fremde Erwachsene als nicht besonders leicht und Andreas schien es gar nicht erst zu versuchen. Dennoch war es amüsant und wir gingen mehr oder weniger verausgabt zum nächsten Schritt über.

In der von Kerzen erleuchteten, gemütlichen Hütte saßen wir in einem Kreis und Sophies ruhige Stimme erklärte man müsse versuchen die Zeit als Dimension hinter sich zu lassen, indem man den Augenblick unabhängig von Vergangenheit und Zukunft und mit vollster Bewusstheit betrachtet. So würde sich das Bewusstsein auf einer metaphysischen Dimension senkrecht zur Zeit bewegen. Man verlasse Raum und Zeit und kehre wieder zurück, doch wenn man sich dabei nicht entspannte sondern konzentrierte, könne man verrückt werden.

Ich glaubte in dieser Hinsicht nicht viel zu verlieren zu haben und probierte Sophies esoterisches Hilfsmittel aus. Und wahrhaftig, in meinem Bewusstsein verließ ich Raum und Zeit in die absolute Freiheit. Als ich wieder zurückkehrte war es draußen hell und meine neuen Freunde fort.


Alles wirkte anders. Ich sah die Dinge mit erhöhter Aufmerksamkeit und dadurch wirkten sie präsenter und lebendiger. Ich ging zum Fenster und erkannte, dass es nun Frühling war. Konnte ich in der Zeit gereist sein? Ich wollte Sophie fragen, was all das zu bedeuten hatte und beschloss mich zur Klinik zu begeben.

Im Wald kam mir ein Liebespaar entgegen, das mich sehr an Chris und Silvia erinnerte. War ich etwa im Paradies? Hatten wir nur verschiedene Wege zu diesem Ort? Und wenn ja, würde ich auch meinen Vater wiedersehen? Ich hatte den Wald noch nicht verlassen, da sah ich die Stelle, wo die Klinik gewesen war. Sie war zu Trümmern zerbombt worden wie auch andere Gebäude in meiner Sichtweite.

Plötzlich hörte ich Sophies Stimme aus dem Wald: "Lars, bist du das?" Vorsichtig folgte ich der Stimme. Dann erschrak ich. Andreas, Martin und Sophie waren voneinander abgewandt an Bäume gefesselt worden. Mit zurückgekehrter Verwirrung fragte ich: "Was ist hier passiert? Wer hat euch gefesselt?"

Sophie antwortete: "Wir sind in die Zukunft gereist und alle an unterschiedlichen Zeitpunkten eingetroffen. Zuerst dachten wir, dass wir die einzigen Überlebenden hier wären, aber dann tauchte ein GS-Krieger auf. Er hatte eine eigenartige Tarnung als hätte er unsere Wahrnehmung verzaubert, sodass wir ihn für dich gehalten haben. Dann hat die bewaffnete Gestalt uns hier gefesselt und Aida entführt. Als Begründung sagte sie Aida sei eine Abtrünnige und müsse als Erste getötet werden. Das war erst vor einer Viertelstunde. Sie sind in Richtung Schule gegangen und da solltest du jetzt auch hingehen. Die Gestalt wollte dich dort treffen." - "Ist das dein Ernst? Soll ich euch nicht erstmal befreien?" Andreas antwortete. "Nein, kümmere dich nicht um uns. Wir sind so gut wie tot. Du wirst sehen, warum. Geh jetzt!"


9

Andreas hatte in der Klinik gesagt, dass wir von unserem Umfeld beeinflusst werden. Und daran bestand auch für mich kein Zweifel. Das Äußere formt das Innere. Von Anfang an wird man von den Eltern erzogen und man kann Kinder sehr unterschied- lich erziehen. Ich hatte beispielsweise einen streng pazifistischen und einen unbedingt verteidigenden Weg kennen gelernt.

Auch die Schule war ein einflussreiches Umfeld für Kinder und hier hatte ich immer den Eindruck einer falschen Priorität. In erster Linie geht man doch zur Schule, um anschließend einen Beruf auszuüben und Geld zu verdienen. Natürlich ist das notwendig, aber was nützt der beste Beruf, wenn die Welt im Krieg untergeht, weil die Menschen nicht gelernt haben friedlich miteinander zu leben?

Ich sah den Ort meiner einstigen Schulhofkämpfe in Trümmern. Ich sah das Gebüsch, wo meine Sicht sich verändert hatte. Ich sah vier große Tannenbäume in jeder Ecke des Schulhofes und begab mich zu dessen Mitte. Was ich noch nicht sah, waren vier weitere Gestalten, die zwischen den dichten Ästen an die Bäume gefesselt standen. Und bevor ich sie erkannte, kam eine fünfte Gestalt aus dem Gebüsch vor mir.

Sie war eine Lehrerin. Sie war halb Mensch und halb Maschine. Sie war meine Halbschwester, die Antagonistin dieser Geschichte und trug den Namen Salome, der widersprüchlicher Weise von einem Wort für Frieden abgeleitet war. Ich hatte ganz vergessen, wer den Chip in meinem Hirn steuerte. Salome hatte mich dazu gebracht den Feind in Fremden zu sehen, sodass ich vergaß, wer die Schnüre dieser Marionetten zog. Sie hatte den gesamten Krieg gesteuert. Die Grundidee stammte von ihrem Ex-Mann, doch Salome verfolgte ein ganz anderes Ziel. Ich sagte:

- Du Miststück hast meine Frau umgebracht. Und meine restliche Familie hast du umbringen lassen.
- Ich gehöre auch zu deiner Familie Lars. Und ich bin hier, um Frieden mit dir zu schließen, denn wir beide sind die letzten Überlebenden dieses Planeten.
- Was ist mit meinen Freunden?
- Erinnerst du dich an die imaginären Freunde aus deiner Kindheit? Sie sind erwachsen geworden und zurück gekommen,

weil du in deinem Versteck so allein warst und dich während des Krieges nach friedlichen Menschen gesehnt hast. Andreas, Martin, Sophie, Aida, Chris und Silvia stehen für deine Wünsche, aber sie werden von der Wahrheit ausradiert. Sie sind nicht real, ich schon. Und es liegt an uns die Menschheit zu retten.

Aida rief aus einem der Bäume: Das wäre eine Menschheit aus Inzucht und Missgebildeten. Sie will die Menschheit nicht retten. Sie will sie vernichten.
Silvia rief aus einem anderen: Sie ist der Teufel und mit ihm kannst du dich nicht vertragen. Er hat dich nur als letztes Mordopfer aufgespart.
Christian: Du hast versucht mir ins Paradies zu folgen. Jetzt dreh nur nicht um. Es ist eine Frage der Perspektive. Wir können echt sein und sie die Illusion.
Mein Vater: Salome will keinen Frieden schaffen sondern deinen Widerstand auslöschen. Deshalb versucht sie dich dazu zu bringen sie zu lieben, aber sie hasst dich, weil ich mich um dich gekümmert habe und nicht um sie. Jetzt gilt töten oder getötet werden und du wirst nicht allein sein. Du bist nie allein mit deiner Fantasie und du wirst auch nicht sterben, denn du kennst ein Versteck außerhalb der Zeit. Vertrau deinem Vater.
Er warf mir eine Feuerwaffe zu und ich fing sie.
Die gedankenlesende Salome sagte: Das ist nicht dein Vater und die Waffe ist auch nicht echt. Mich kannst du damit nicht verletzen, aber vielleicht kannst du diese imaginären Störfaktoren beseitigen.
Meine Verwirrung erreichte ihren Höhepunkt, doch schließlich fand ich die ultimative Lösung.

Ich dachte an Sophies Worte über Verwirrung und daran, dass alles nur eine Interpretation des Verstandes sei. Demnach gab es keinen Feind sondern nur das Feindbild, das der Verstand sehen wollte so wie er Freunde sehen wollte. Anscheinend war es mir schwerer gefallen die Realität als Freund zu akzeptieren, deshalb war Salome die Feindin.

Mit erhöhter Aufmerksamkeit erkannte ich nun ihre menschliche Hälfte. Aus ihren Augen flossen Tränen, während sie sagte, dass es ihr leid tat und wieder war dieses Wasser in der Lage mein Feuer zu löschen. Wie die vier Gestalten verschwand auch die Waffe, bevor meine leere Hand die meiner Schwester ergriff. Ich hatte keine Angst sie würde auch mich umbringen. Ich hatte nichts zu verlieren, und wer keine Angst hat zu verlieren, kann nur gewinnen. Es folgte meine ultimative Lösung.

Während ich ihre Hand hielt versetzte ich mich zurück in den metaphysischen Zustand. Dieses Mal reiste ich in die Vergangenheit, um all die Morde und die Implantierung der Steuerungszentrale im Kopf meiner Schwester ungeschehen zu machen. Nun befinde ich mich in Ihrer Welt genau wie Salome. Wir haben diese Geschichte, die nie passiert ist, zusammen und mit der Absicht sie nie passieren zu lassen geschrieben. Salome hat von sich in der dritten Person berichtet, weil sie jetzt ein anderer, sehr freundlicher Mensch ist. Wir hoffen es war unterhaltsam, nicht zu unanständig (aber unanständig genug) und vielleicht auch lehrreich. Ich zumindest fühle mich geheilt.

*"Und sperrt man mich ein im finsteren Kerker,*
*das alles sind reinvergebliche Werke;*
*denn meine Gedanken*
*zerreißen die Schranken*
*und Mauern entzwei:*
*die Gedanken sind frei."*

*Die Gedanken sind frei – deutsches Volkslied*

# In the cave

## 1 Freedom's hope

She was the evil one's first victim.
Her beautiful eyes anxiously saw him.
Death was his name, destruction his game,
thus he took Freedom away.

Trapped in a strange world's cave
no one can see her beauty.
Still left in Freedom's chest there is faith,
praying someone could see.

He was the evil one's last victim,
believing he could defeat him.
Hope was his name, caught in Death's game
to die at last some day.

Trapped in a dead world's grave
Hope can see her beauty.
Enlightened hears the brave
Freedom's cry from cruelty:

"Savior, please believe in me!
Savior, I believe in you.
You can defeat the beast.
You're my only hope."


## 2 Within the shadows

Surrounded by shadows of truth
he is searching for Freedom in Plato's cave,
going through falseness, going through doom.
Disguised demons try to make him obey.
Chained behind a wall
Freedom hears the savior call:

"I'll never give up, why would I?
My name is Hope and I will fight until I die.
I'll make my way and kill the devil,
when I cross the gate from hell to heaven."


- "Break through the shadows!"

## 3 Killing the devil

I saw the devil in a nightmare.
I looked right into his eyes.
He filled my mind with despair.
He made me write these lines.

Satan, I don't fear you. You are dead,
because you only exist in my head.
No more fear and no more pain.
You will not control my brain.
Die!

## 4 Out of the cave

"Savior, you gave me the key.
My heart is finally free
Your mission is done.
My time has come
to free humanity."

"My love made me fight
to be at your side.
Our hearts were made for heaven
to live forever."

# Nachwort

Vielleicht fragen Sie sich, warum der letzte Teil in englischer Sprache geschrieben ist. Es hat damit zu tun, dass die Gedichte ursprünglich als Songtexte für eine Rockband geschrieben wurden. Nachdem die Band aber einen besseren Songwriter gefunden hatte, sattelte ich von der Musik zur Schriftstellerei um und nutzte die Texte hierfür. Die Zitate zwischen den Kapiteln entstammen der Idee eine Geschichte basierend auf Ausschnitten von bekannteren Rock- und Heavy-Metal-Songs wie aus Puzzleteilen zu formen, um eine spezielle Zielgruppe anzusprechen. Allerdings sind mit der Zeit viele andere Einflüsse hinzugekommen und ich würde mich auch nicht mehr zu dieser Szene zählen.

Das Buch ist in einem eher persönlichen Stil geschrieben, um einen ergreifenden Effekt zu erzielen, aber keine der Figuren existiert wirklich und die Geschichte ist reine Fiktion. Die Namen der Charaktere sind Symbole und falls sich tatsächlich ein Modegeschäft "Over & Under" nennt oder eine Person den Namen einer der Figuren hat, sind diese hier natürlich nicht gemeint. Übrigens ist die Rolle der Salome hier erst zur Antagonistin geworden als die Kurzgeschichten inhaltlich zu einem Puzzle-Roman verknüpft wurden.

S.M.R. ist ein Pseudonym, das ich hauptsächlich wegen des erotischen Teils gewählt habe, und das Geschlecht der Verfasserin/des Verfassers halte ich zunächst geheim, um mehr Leser zu erreichen. Es handelt sich aber um nur eine/n. Des Weiteren würde ich noch gern bemerken, dass sich der Inhalt des Buches gegen keine Gruppierung, kein Land und keine Stadt richten sollte. San Sebastián zum Beispiel habe ich eigens deswegen ausgesucht, damit das Zitat passt. Als Letztes danke ich herzlich für das Lesen meines Buches!

# Vorschau des nächsten S.M.R-Romans

Januar 2017, der Afroamerikaner Ali beschließt aufgrund der politischen Lage seines Landes zurück zu seinen Wurzeln zu reisen. Dort trifft er auf die so eigenartige wie schöne Jane, die behauptet das größte Geheimnis der Menschheit zu kennen. Sie verlangt jedoch Hilfe als Gegenleistung, wenn sie es ihm verriete. Nach einem überzeugenden Beweis ihrer Behauptung leistet Ali die geforderte Hilfe und verändert damit die Welt, wie er es nie für möglich gehalten hätte.

Eine Kombination aus Sprachbuch und Abenteuer-Roman für Interessierte an Kenia und der Sprache Kiswahili, aber auch Englisch und Französisch sowie Freunde von Romantik, Erotik, Thriller und Horror. Mit Reisetipps, Ostafrika-Knigge und Spiritualität. Erhältlich ab Frühjahr 2017.

**FSC**
www.fsc.org

**MIX**

Papier | Fördert
gute Waldnutzung

**FSC® C083411**

Zeitfracht Medien GmbH
Ferdinand-Jühlke-Straße 7
99095 Erfurt, Deutschland
produktsicherheit@kolibri360.de